エッセイ集

記憶の旅路

― 電気通信技術者世界を行く ―

波多野 謙一

YUKENSHA

1998.
メキシコ・ユカタン半島

エッセイ集

記憶の旅路

～電気通信技術者世界を行く～

はじめに

私は約半世紀にわたり、世界各地の電気通信インフラ建設に携わってきたコンサル技術者です。仕事をとおして数多くの人と出会い、日本にいては想像もつかない様々なことを体験しています。

二〇一九年末、海外体験を中心にそれまでの人生・出会い、旅・趣味などをエッセイ集にまとめ上梓（じょうし）しました（『海外に生く』（郵研社））。幸いなことに、当時告知された前立腺がんの進行も遅く、現在も元気にしています。

今度のエッセイ集には、旧くからの友人、友野武さんに、素晴らしい挿画を描いていただきました。また友野さんにはとてもおよびませんが、ニューヨークに住む中学一年生の孫娘にも、数点協力してもらいました。

本書を出版するにあたり前作同様、作家の上野歩さんには全般的なご指導・協力をいただきました。また郵研社社長の登坂和雄さん以下社員の方々には、挿画を含む細かい編集作業をお願いしました。皆さまに心からお礼申し上げます。終わりにこれまで自分勝手な人生を送らせてくれた妻に、感謝したいと思います。

二〇二一年四月

波多野　謙一

〈目　次〉

はじめに

Ⅰ　アジア・アフリカ

Ⅱ　中南米・アメリカ

Ⅲ　日　本

Ⅳ　冬の足音

カバー・本文挿画　友野　武
本文挿画　三浦　紗良

I

アジア・アフリカ

タイ・バンコク

竜宮城ってこんなところ？

「君、東南アジア地域支配人としてインドネシアへ赴任してくれないかね」

一九九三年、親会社のN電話会社から天下ってきた新社長から突然言われ、ピンと来た。取締役だった私は、官僚的な彼のやり方に反発しにらまれていたのだ。明らかに左遷である。

当時ジャカルタの駐在事務所には五、六件の通信インフラ・プロジェクトが進行中だった。その人事管理に加え、世界銀行との折衝、タイ、ベトナム、カンボジアなど周辺諸国のマーケット開拓が主な仕事である。

その時までに通算十年以上にわたりインドネシアに関わってきた私には、現地の友人知人が多い。日本での経営業務に比べればはるかに楽しい仕事だった。社内的な出世にさえこだわらなければ、願ってもない仕事といえた。

ジャカルタ南部に位置する、オランダ統治時代の高級住宅地クバヨラン・バル。その一画にある、三百坪ほどの瀟洒なプール付き住宅が支配人宅としてあてがわれた。二階建ての間取りは五寝室に、それぞれ三十畳程のダイニングとリビングが備わる。家付き使用人は、まかない、ルームメイド、プール掃除と門番の四人で、みな庭の一画にある粗末な長屋に住んでいた。

広い庭にはパパイヤとマンゴーの樹が日陰を作っていて、よく実をつけた。少しでも実が色づくと、使用人たちが熟する前にみな取って食べてしまう。のんびりしていると、だれかに取られてしまうからだ。

妻は健康上の理由で一緒に赴任できず、広大な家に私が一人で住むことになった。毎日の食事は、中部ジャワ出身の中年のお手伝いさんが作ってくれる。黙っていても日本食もどき料理が、日替わりメニューで食卓に並ぶ。これがなかなかの味だ。

とにかく、支配人宅は一人住むには広すぎる。東京から出張してくる若い社員を泊めようとしたが、私に気兼ねするのか、あまり利用しない。無理強いはせず、これ幸いと、日本にいてはできない優雅な独身生活をせいぜい楽しむことにした。

ジャカルタの北、ジャワ海に浮かぶスリブ諸島には、クルーザーでよく釣りに出かけた。無人島だが、海岸近くに素朴なバンガローがあり、取れたての海の幸を料理してくれる。南の海は穏やかでカラフルだ。釣りよりもシュノーケルをつけた潜水に夢中になった。岩礁から熱帯魚の群れに飛び込み、魚たちを驚かせてはよろこんだ。

ジャカルタの支配人事務所の他にバンドンに事務所があり、そこで複数の通信インフラ・プロジェクトを管理していた。要員管理と施主へのご機嫌伺いのため、毎週末に一泊でバンドンへ出かける。どちらもどうということはない。ジャカルタとバンドン間は車で約三時間、気軽な小旅行だ。バンドンでは、昔アジア・アフリカ会議(バンドン会議)が開かれた高級ホテルが定宿である。涼しいバンドン高原で、毎週のように部下たちとゴルフを楽しんだ。

ジャカルタで週末を過ごす時は、バンドンでのゴルフコンペに備え、支配人宅近くのゴルフ練習場へ通った。そこで私と同じように左遷されてきた公共放送局幹部に出会った。その幹部は、

「インドネシアというところは食べ物は美味しいし、女性は優しく正に天国です。浦

島太郎が行った竜宮城とは、きっとこんなところだったんでしょう」

と言って、せっせとバンカーリカバリーの練習に励んでいる。

そう言葉をかけられ、わが身を振り返ってみる。単身の豪邸住まい、毎週の高原ゴルフ、ジャワ海孤島のシュノーケリング。これで乙姫（おとひめ）がいれば、確かに陸の竜宮城かも知れない。

インドネシアのあと、タイ、コロンビアに長期単身赴任した。しかし行くまでは気がつかなかった。竜宮城はインドネシアの他にもあることに……。

バンドンのベチャ

ジャカルタ、スラバヤに次ぐインドネシア第三の都市がバンドンだ。平均標高八〇〇メートルの高原にあり、住環境が快適で、「ジャワのパリ」とも呼ばれている。バンドンにはインドネシア通信公社の本社がある。一九七〇年初頭、世界銀行融資の電気通信プロジェクト責任者として初めて出張した。

首都ジャカルタから相乗りタクシーで、三時間かけてバンドンへ入った。折からの驟雨（しゅうう）に濡れた、ジャカランダの紫の花が出迎えてくれた。バンドンはパリというより軽井沢を思わせる、爽やかな高原リゾートである。

通信公社近くの小ぎれいなホテルを、宿舎兼事務所に定めた。夕暮れ時になると、天秤棒を担いだサテ（インドネシアの焼き鳥）やミークワ（汁ソバ）売りの甲高い声が聞こえてくる。

当時バンドンには日本人関係者はだれもいない。部下のS君と二人でベチャ（三輪自転車タクシー）に乗り、施主のもとへ通った。通信公社の近くには、シーメンス社の立派な駐在事務所がある。

われわれは、仮にも世界銀行から派遣されてきた日本の技術者だ。施主は、まさかそんな二人がドイツメーカーの前をベチャに乗り出勤してくるとは思いもよらなかったであろう。ずっと後になり、もう少し会社の体面を考えるべきだったと反省した。

バンドンは高原都市で、緩やかな坂道が多い。週末にS君と二人して坂を下り、ダウンタウンへ夕食に出かけた。久しぶりの地ビール『ビンタンバルー（新星）』が、喉に沁みわたる。宿への帰り道は上り坂だ。二人で一台のベチャに乗る。ほろ酔い加減の体に高原の夜風が快かった。

ベチャの運転手には年配者が多い。少し急坂になると、息を切らして苦しそうだ。さもあろう、二人合わせれば一五〇キロ近い体重だ。あまり気の毒なのでベチャから降り、後ろから押してやった。これではどちらが客なのかわからない。運転手は「トアン（旦那さん）、申し訳ありません」と平謝りだ。道が平坦になったところでまた二人で乗り、無事宿へ戻った。

ベチャは、インドネシアでは庶民の足として定着してきた。私が頻繁にジャカルタへ通っていたころ、日本大使館前の目抜き通りを、乗用車、バス、タクシー、バイク、ベチャなどあらゆる乗り物が混然と走っていた。

そんなジャカルタから、前世紀末にベチャが姿を消した。加速する都市化に対する最大の障害物とみなされたからである。近年になって、日本の援助で都市交通や地下鉄が整備されるにつれ、ますます邪魔者になったようだ。

しかし全国的にベチャは、インドネシア文化の一部として定着している。東南アジア諸国にも似たような乗り物として、フィリピンのトライシクル、タイのサムロー、カンボジアのシクロなどがある。私もよく利用した。新幹線が走ったからといって、とてもこれらの乗り物がすべてなくなるとは思えない。

カリマンタンの首狩り族

かつてインドネシアのカリマンタン南部で、電気通信インフラ調査を行ったことがある。首都のバンジャルマシンを一歩外へ出ると、ホテルなどまったくない原野が広がっている。

ジャングルで野宿したり、村長さん宅や無人農作小屋へ泊めてもらったりしながら調査を進めた。

ジャングルの調査では蛭（ひる）に悩まされた。靴下を二枚履きキャラバンシューズでしっかり足元を締めていても、知らないうちに侵入してくる。一番恐れたのは男の局所に入り込まれることだ。侵入された場合はピンセットで引き出す準備はしていたが、幸いそんな事態に至らずに済んだ。

調査に同行してくれた村人たちの蛭対策は、極めて簡単だ。彼らはいつも半ズボンを履き、どんな場所でも裸足である。脚に張り付いた蛭を山刀で引き離し、殺すだけ。蛭に血を吸われる前に殺してしまうので、これ以上の対処法はない。裸足でジャングルを歩きまわることなど無理な日本人には、到底真似ができない。

夕刻、仕事を終えて農作小屋へ戻ると、「いったいこれから何が始まるのだろう?」と村人が大勢集まってくる。昼間の調査で疲れ切った私には、申し訳ないが彼らが期待するようなレクリエーションはできない。そんな時、逆に村人たちから聞かされたのが首狩り族の話である。

カリマンタンには昔からの伝統を受け継ぐダヤックという首狩り族がいる。夜になると「ホウホウー!」と叫びながら村の家々を襲い、狩った首を天井の梁などに吊るしておくという。

「何を二十世紀の今の世に?」と、その時は信じられなかった。

後に調べてわかったことだが、首狩り風習は二十一世紀の今でも確かに存在する。ただ昔は一種の宗教的儀式だったものが、最近では地方自治をめぐる主導権争いの戦果誇示になっているようだ。

従来から中央政府は、人口過密のジャワ島やマドゥラ島からカリマンタンへの移住政策を進めてきた。両島の中でも、インドネシア最貧と言われるマドゥラ島からの移民が多い。

性格が閉鎖的だといわれる彼らと、先住民ダヤック族との部族間闘争が多発している。今世紀に入っても千人以上のマドゥラ族がダヤック族に首を狩られているという。

私もかつてマドゥラ島は二ヵ月ほど無線通信の実証実験で滞在し、島民には毎日の食事の支度などでたいへん世話になっている。あの貧しくとも優しかった島民のことを思うと胸が痛む。間もなくジャワ島には高速鉄道が開通する。高速鉄道と首狩り風習。現代インドネシアが抱える光と闇である。

ヘリで七〇〇〇キロ

赤道直下にあるインドネシアのスマトラ島。島の中南部は大部分が低湿地をなし、密林に覆われている。かつて、島をインド洋側からマラッカ海峡へ抜けるマイクロ波通信回線の現地調査を行った。

現場は樹高五〇メートルを越す巨木が生い茂るジャングルで道はなく、川と空からしか近づけない。川の遡行は現地で汽船をチャーターできるが、空の方は困難だ。所沢にある航空会社と相談の結果、日本でヘリコプターを手配することにした。

まず五人乗りのベル206Bジェットレンジャーをアメリカの製造工場で分解し、船でシンガポールへ運ぶ。そこで組み立て、マラッカ海峡を横断しスマトラ島へ持ち込むという計画だ。

現地調査の初日、船で先行したジャングルの村へ、ピカピカのヘリがやってきた。時ならぬ文明の利器の出現に、大勢の村人が取り囲み近づくこともできない。乗組員は航空自衛隊出身の若いパイロットと、ベテラン整備士のコンビである。二人は予想外の村人総出の歓迎に、きょとんとしている。

パイロットは、新品のヘリがこれからどんな場所に離着陸させられるのかと不安な様子だ。操縦は折り紙付きの経歴を持っているが、ジャングルということで、会社から託された虎の子が傷つくことを怖れているのだろう。

ヘリによる現地調査で一番の問題は、航空燃料の補給である。ベル206Bの航続距離は約六〇〇キロ。現場付近に空港はない。船で運べる現場へは予めデポを用意しておいたが、ほとんどの場所は接岸が困難だ。そんな場合はポリタンクに入れた燃料を、ヘリの後部三座席に積み込んだ。私も給油を手伝った。

乗り組むのはパイロットと副操縦士席の私のみである。二人はヘッドフォンを通してつながっている。副操縦士席の私が常に航空地図を手に、ヘリの位置を確かめながら飛んだ。しかし時々地図上の現在地を見失ってしまう。遥か下方の田舎道を歩いている地元の人のそばまで降りて行き、

「こんにちは、ここは何処ですか？」

などと間抜けな質問をしたこともある。

ヘリ使用の目的のひとつに電波通路の断面図（プロファイルマップ）作成がある。電波通路に沿い所々で巻き尺に錘をつけてヘリから垂らし、樹高を測った。測量が終わり巻き尺を巻き戻そうとしても、なかなか上がってこない。さては地上で獰猛なスマトラタイガーが端をくわえているのではないかと想像し、身の毛がよだった。

ヘリ調査故の危ない目にも遭った。マラッカ海峡の、島というより岩礁に近い場所で調査をした時のことである。現場でヘリから降り、二〜三時間後に迎えにきてもらう手はずになっていた。

ところがその時刻には海峡の潮位が、膝近くまで上昇。迎えに来たパイロットは海面すれすれまでヘリの高度を下げ、ホバリング（空中停止）状態で待機している。

ヘリのローターの巻き起こす風で海水が煽られ、機内に入り込んできた。南の海の夕暮れが迫っている。パイロットは歳は若いが、航空自衛隊で幾多の「戦場経験」を積んできている。彼の冷静、卓越した操縦で全員、間一髪で無事に救出された。

シンガポール付近の調査をしていた時のことである。パイロットがヘッドフォンを通して私に訊く。

「波多野さん、今シンガポールの航空管制塔は何と言ったのですか？　雑音でよく聞き取れなかったもので……」

「『国籍不明機！　飛行高度をもっと上げよ！』と言っているようですよ」

「やはりそうですか」

大部分がインドネシア領の調査だったので、時間的な問題もありシンガポール側には事前に飛行計画を提出していない。レーダーに捕捉されないよう、海面すれすれに飛んでいたのが見つかってしまったのだ。ただちに高度を上げインドネシア空域へ引き返し、なんとか調査を終えた。

調査の合間には、思わぬシーンに出合うことがある。ジャングルの樹高すれすれの調査をしていた時だ。ヘリの爆音に驚いた野猿の大群が、枝をわさわさ揺らしながら逃げていく。なかには子猿を背負った母親猿もいる。追いかけて写真を撮った。今から思えば心ないことをしたものだ。

鬱蒼（うっそう）としたジャングルを切り開いて敷かれた一条の鉄路。その上を黒煙を吐きながら、蒸気機関車が木材を満載した長い貨物列車を引っ張っていく。ＳＬマニアならよだれが出そうな、フォトジェニックな光景である。煙に巻き込まれないよう注意しながら空から近づき機関士に、

「スラマットシアン（こんにちは）！」

と大声で手を振ると、ポーッと汽笛が応えてくれた。

一ヵ月あまりの調査も、いよいよ終了となった。往路と同じ熱帯雨林の上を、シンガポールへ向けて飛び立つパイロットが別れ際に言う。

「波多野さんの飛行距離は約七〇〇〇キロになりました。日本とアメリカ西海岸までの距離です。一ヵ月余りの間にこれだけの距離を飛んだお客さんはいませんよ」

確かに僻地の交通手段としてヘリを使った人は多数いる。しかし調査業務の一ツールとして、短期間にこれだけ長時間利用した例はあまり聞いたことがない。

パイロットと整備士は、シンガポール、バンコク、香港などを経由して日本へ向かう。ヘリにとってはたいへんな長旅である。調査中、二人には随分と無理を聞いてもらっ

た。道中の無事を祈る。
ジャングルの上空を何度か旋回し、ヘリは北へと飛び去った。

命綱の搾菜(ザーサイ)

インドネシア第二の都市スラバヤに滞在していた時のことだ。ある夜、下町の大衆食堂へ食事に行った。メニューを見ると鶏の脚スープ(ソパ・カキアヤム)とある。口に合いそうなので注文してみた。すると出て来たのが、脂ぎったスープの中に入った、毛の生えたニワトリの脚二本だった。脚から出しを取っているらしい。あまりにも生々しいので、食欲がいっぺんになくなってしまった。

とても口にできないので、代わりにコドック・ゴレン（蛙のフライ）を注文した。こっちの方は鶏肉に似て肉が柔らかく味も淡白で、なかなかいけた。

数日後、日本から妻がやって来た。インドネシアの友人家族を呼び、高級中国料理店で会食した。大事なお客さんなので、ふかひれスープやアワビの蒸し焼き、北京ダックなど様々な高級料理を奮発。ところが友人の三歳ほどの長男が、どんな料理が出てきても手を出さない。ただ白飯に、小指の先ほどの大きさの、飛び上がるほど辛い唐辛子を振りかけて食べている。

父親に訊いてみると、通常のインドネシア料理は食べるが、中華料理や西洋料理は全く受け付けないという。せっかく高級料理店へ招待したというのに、張り合いのないことはなはだしい。しかし、なにぶん食文化が違うので、なんとも致し方がないと諦めた。

数年後、タイのお客さんを二人、東京の日本料理店へ招待した。彼らは二人とも三十代。いつも小瓶に入った激辛の緑色の唐辛子を持ち歩き、料理の種類を問わずせっせと振りかけていた。

人のことばかりは言えない。かつて日本料理がまだ今日ほど世界的に普及していなかった頃、海外出張時には必ず醤油を持参したものだ。荷物がかさばる時には粉末醤油に置き換えた。

最近ではアフリカ、中東、中南米などの一部を除き、ほとんどどこでも和食が食べられる。そうなってくるとまた別の問題が起きてくる。タイのバンコクに赴任していた時など、オフィスの周辺は日本料理ばかり。夕刻、高層マンションへ戻ってくると一階にある日本料理屋が刺身、寿司、天ぷら、すき焼きなどをそろえて待っている。

いくら高級店でも十日間も同じような物を食べ続ければ飽きてくる。最後に行き着いたのが、搾菜のお茶漬けだった。東南アジアの中国料理食材店には必ず搾菜の缶詰が置いてある。これが命綱になった。

なんのことはない。インドネシア人やタイ人が唐辛子文化から離れられなかったように、私も最後は漬物文化にすがったのである。

今年は八月に入ってから、日本でも猛暑が続いている。だんだん食欲が落ちてきた。

昨日スーパーへ行き搾菜を買った。

神鳥ガルーダのお礼

「神々の島」と呼ばれるインドネシアのバリ島。島の象徴ともいえる聖なる割れ門をくぐるのは、これで三度目である。

それまでにジャワ、スマトラ、スラウェシ、カリマンタンなどインドネシアの主要島はすべて訪れていた。その中でバリ島だけが他島と違った、島全体が別次元にタイムスリップしたような、神秘的な雰囲気に包まれている。

ジャワ島に住む古くからのインドネシア人の友人は、

「ハタノさん、バリはインドネシアではないよ」

と言う。

インドネシア全人口の九割近くを占める回教徒の友人から見れば、ほぼ全島ヒンドゥー教徒が占めるバリ島は、確かに「外国」なのかも知れない。私はヒンドゥー教の大国インド各地を通信インフラ調査で半年あまり旅したことがある。そのせいかバリ島には、初めからなにか懐かしさを感じた。

当時、日本の通信技術は世界を席巻していた。首都ジャカルタからバリのデンパサールまで、マイクロ波回線建設工事が着々と進んでいる。そんな折ジャカルタへ出張し、帰途、工事の進捗状況を見に、デンパサールへ行こうと思い立ったのだ。

マイクロ波無線中継所は、人里離れたデンパサール郊外の山頂にある。眼下には、千年にわたり神々によって守られてきたといわれる、美しい棚田が広がっていた。棚田の水路には、清流がちょろちょろ流れる。周囲にヤシの木がなければ、まるで日本農村の原風景のようだ。

多忙な時間を割いての、予定外のバリ訪問である。インド以来のヒンドゥーの神々へ、ゆっくり挨拶している暇はない。久しぶりに会った部下との打合せもそこそこに、翌日、国営ガルーダ航空の東京行き夜行便に乗った。このエアラインはサービスが悪いことで定評があり、日本人は滅多に乗らない。

乗り込んですぐに気が付いた。この日の機体は今では珍しいDC-8貨客混載タイプである。聞けば新ルート、ジャカルタ→デンパサール→東京の初飛行だという。日本人女性客室乗務員が一人だけ乗っているが、私の他に世話する乗客はだれもいない。

一人静かにビジネス席でウイスキーを飲んでいる私の近くへ座り、なにくれとなく話しかけてくる。私を観光客ではない、旅慣れたビジネスマンと見たのか、

「こんなつまらないものしかありませんが……」

と言いながら、いろいろとおつまみなどを持ってきて、サービスしくれる。お蔭でいつもは持て余す七時間余の長旅も、あっという間だった。それまでインドネシア国内でガルーダ航空をさんざん乗り回してきた。これが最後の現場見回りである。ヒンドゥー教の空駆ける神鳥ガルーダに、長い間のお礼をされているような旅の締めくくりだった。

強風のバタン島

台湾とフィリピンを隔てるルソン海峡。そのほぼ中央に、米粒のようなフィリピン領バタン島が浮かんでいる。島の中心地バスコは、人口六千人ほどの小さな、どちらかというと村に近い町である。一九八〇年、通信インフラ調査のリーダーとしてバタン島へ出かけた。

首都マニラからバスコまでは空路一時間四十分の旅。定員三十人程の飛行機の後部座席には、生きたニワトリや豚、米など生活用品がぎっしり積み込まれている。これまで世界各地で飛行機に乗ったが、家畜と同席したのはこれが最初で最後だ。

当日の空は、雲が多かった。その雲の合間からバタン島を見て、身がすくんだ。荒涼とした島を取り囲む岩礁に白波が牙を剥(む)いている。その光景はまるで鬼ヶ島だった。悪天候で飛行機は揺れ、なかなか着陸できない。そのままマニラへ引き返すのではと思った。やがて二、三度旋回を繰り返した飛行機は、思い切ったように雲の中へと突っ込んだ。滑走路が見当たらない。さては山の麓に不時着かと思い、覚悟する。間もなく飛行機は、激しく振動しながらなんとか着陸。乗客は全員、拍手喝采でパイロットを称えた。

飛行機を降りて驚く。激しく振動したのも道理、そこには滑走路らしきものはなく、ただ草原に鉄板が敷かれているだけだった。後にこの空港は、旧日本軍が台湾南部の空軍基地からマニラへの渡洋爆撃の際、不時着用に作ったことを知る。

バタン島の通信調査には大きな問題があった。最大瞬間風速九十メートル超の記録のある強風である。この島は、赤道付近で発生する台風が、日本方向へ向けて北上する通り道になっているのだ。

強風のため山の樹はみな曲がっていて、木材としての利用価値がない。民家はすべて石造りの平屋で、窓は昔の山小屋のような板の突き上げ式。強風のためガラス戸が使えないのだ。家の周囲は厚い石垣に囲まれていて、室内は昼なお暗い。台風シーズンには、赤ん坊の頭ほどの大きな石が飛んでくるという。そんな時はみな家に閉じこもり、自然に逆らわずにじっと台風一過を待っているそうだ。

バスコ〜マニラ間は、品質の悪い短波回線でかろうじてつながっている。衛星通信が登場する以前のことである。私は短波回線を見通し外マイクロ波回線に置き換え、通常の電話回線並の品質に改善しようと考えた。この案は五年前にインドネシアで実績を積み、自信があった。

見通し外マイクロ波回線には、直径十メートル超の大口径パラボラアンテナが必要である。しかし、最大瞬間風速九十メートルを超す風に大口径パラボラは耐えられない。調査チームに同行した州知事が提案する。

「普段はパラボラを山の上に置き、台風接近時には、自動的に地下室へ格納するという案はどうですか？」

強風の怖さを肌身で感じている地元知事ならではの、『スター・ウォーズ』顔負けのユニークな発想である。技術的にも不可能ではない。しかし特殊設計のため莫大な金がかかり、予算の大半を使い果たしてしまう。日本の政府開発援助の性格上それはできなかった。知事には訳を話して諦めてもらう。残念だが、通信衛星の登場を待つしかなかった。

毎年秋になると必ず日本の通信施設も台風の被害を受ける。最近では昨年の九州豪雨のように、台風シーズンに限らず自然現象に起因する通信施設の被害が大きくなっている。

日本はバタン島のように絶海の孤島ではない。ＩＴ化された島国である。直接通信衛星を経由する加入電話の開発など、もっと知恵を出せる環境下にある。イージス・アショア中止で浮いた軍事予算をそちらへ回したら、と思う。

人妻と空の旅

ヨルダンの首都アンマンへ出張した。仕事はヨルダン政府と日本通信機メーカーとの契約交渉援助である。一ヵ月あまり仕事は難航したが、なんとか先が見えて来た。日本での課長業務を放り出して来たので、仕事が終わり次第、一刻も早く帰る必要があった。現地駐在員が気を遣い、

「ご多忙でしょうけれど、せめて死海ぐらいは見ていってください」

と言う。

折角なので死海の他、モーゼの丘、ペトラ遺跡など観光名所を案内してもらった。

帰国直前になり、家族とともに長期滞在していたE君から、

「波多野さん、お手数をおかけしますが、妻を日本まで一緒に連れ帰っていただけませんか?」

と頼まれた。新婚の奥さんを日本で出産させたいとのこと。もちろん、喜んで引き受けた。ただ、途中タイのバンコクで一泊しなければならないのが気になった。

帰国当日の朝。アンマン空港で初めてE君から奥さんを紹介された。E君にはもったいないような若い美人だ。駐在員家族の他、大勢の日本人が見送りに来ている。こうなると、われわれ二人はまるで新婚旅行にでも出かけるようだ。

航空会社が用意したバンコクのホテルの部屋は、同じフロアーにあった。夕刻、様子を見に顔を出すと、奥さんが一人で不安そうにしていた。私はバンコクには何度も来ているが、彼女は初めてとのこと。

折角のチャンス。ホテルのレストランで食事をするのも芸がないので、知っている街なかのタイ料理店へ案内した。初めは心配顔だった奥さんも次第に打ち解けてきて、初めて食べるエスニック料理も美味しいという。話もだんだん弾んできた。翌日は予定どおり、何事もなく無事日本に着いた。

やがて生まれたE君の子供について、仲間内で悪い冗談が広まった。「あの子は波多野さんの種じゃないのか?」と言うのだ。もちろん年月からしてそんなことはあり得ない。冗談話をみんなにひけらかすE君も結構楽しそうだ。奥さんが私のことを好意的に話してくれたらしく、仕事の上でもE君との関係が急速に深まっていった。

それまで私は無線技術、E君は線路土木技術と、専門分野がまるで違っていた。それがヨルダン帰途のハプニングを契機に私が総合技術部長、E君が次長に発令され、二人で海外業務全般を仕切るようになったのだ。

電気通信工事業界出身のE君は業界を束ね、優秀な若手人材を私のもとに送り込んでくれた。世界的に評価の高い日本の電気通信機器と相まって、海外コンサル業務の黄金時代がやって来た。つくづく人の出会いの不思議さについて、考えさせられる「二人旅」だった。

アユタヤの「半蔵門」

　タイの京都と呼ばれる古都アユタヤ。これまでに三度ほど行ったが、いつ行ってもその落ち着いた歴史的佇まいに心が休まる。三度目の旅は妻と二人、チャオプラヤ川をランチ付きクルザーで遡行した。

　川の両岸に点在する仏教寺院の、黄金に輝く甍（いらか）を見ながら味わう香辛料の効いたタイ料理の味は、なかなかのものだ。川と並行して走る国道の渋滞とは別世界である。

　現地では、いつもはガイド無しの気ままな旅だったが、その時は妻のためタイ人の日本語ガイドを頼んだ。

　流暢な日本語を操る若者で、なかなかウイットに富んでいる。一通り寺院や仏像を案内した後で、ガイドが言う、

「お客さん、これからタイの『ハンゾウモン』へご案内します」

「なに？　半蔵門だって!?」

と驚いている私に対して、

「そうです。ハンゾウモンです」

とガイドの若者はしらっとしている。

「タイに半蔵門があるなんて聞いたことがないよ」

「とにかくご案内しますから」

やがて案内されたのは、古い寺院を取り囲む石の塀だ。

「お客さん、これがタイのハンゾウモンです」

「ええつ、どこが半蔵門なのよ？」

妻が不思議そうにしていた。

「よくご覧ください」

よくよく見ると石塀の入り口に、象の頭部が彫刻してある。ガイドが誇らしげに言う。

「お客さん、どうです？　象の半身像が迎える門、つまり半象門です」

若いガイドに完全に一本とられてしまった。江戸落語のオオイタチの類の落ちだ。

「いやあ、参ったよ。見事な落ちだ。君は日本へいったことがあるの？」

「いえ、全然ありません。日本からのお客さんが多いので、何とかして驚かそうと一生懸命にジョークを考えたのです」

日本語が多少できても、それだけではお客はつかないという。われわれが感嘆した様子を見て、いかにも「してやったり」と言わんばかりに嬉しそうだった。

私は海外の観光地へ行っても滅多に日本語ガイドは雇わない。怪しげな日本語よりも、仕事で使っている英語やスペイン語のガイドの方がよほどましだからだ。ただ、アユタヤ観光の時だけは、日本語ガイドにしてよかったと思った。

朝飯前のエベレスト飛行

アフリカ、スーダンへの出張の帰路。思わぬ時間ができ、ネパールの現場視察を思いついた。首都カトマンズでは部下のS君が、全国無線通信網建設コンサルタントとして家族とともに赴任している。彼はその時まで、ネパール全国の山々を現地調査で歩き回っていた。

早朝、青・白ナイル川合流点にある空港を飛び立ち、タイのバンコク経由で、翌日にヒマラヤの天空都市カトマンズへ着いた。久しぶりに会ったS君は現地政府の信頼も厚く、日本にいる時よりも生き生きとしている。かつてはインドネシアのカリマンタンのジャングルやイラン砂漠を、一緒に野宿しながら調査して歩いた仲である。

カトマンズの高台にある瀟洒（しょうしゃ）なS君宅の屋上テラスから眺める、天を圧する『白き神々の座』。若い頃からヒマラヤに憧れていた私は、思わず息を呑んだ。そもそも私の山への思い入れは一九五六年、槇有恒登山隊の八〇〇〇メートル超のマナスル登頂に端を発している。あの記録映画『マナスルに立つ』にどんなに感激し、勇気づけられたことか。屋上テラスに籐椅子を持ち出し、白銀に輝く山々を眺めながらネパールビールで乾杯した。酒好きでもある二人。ヒマラヤの清流水を使った、苦味とアルコール度数の強い地ビールが喉に沁みわたる。テラスからの絶景といい、お仕着せの観光旅行では絶対味わえない贅沢だ。

短い滞在期間中のある日、S君が、

「折角ネパールへいらしたのだから、記念にエベレスト上空を飛んでみませんか？」

と誘う。もちろん二つ返事で承諾する。S君は私に内緒で、飛行機の予約をしていたようだ。

エベレスト観光飛行は朝が早い。二十人程の座席は、世界中からやってきた観光客で一杯だ。幸いヒマラヤ地方は快晴。折からの朝日にエベレスト山頂が輝いている。パイロットに頼んで操縦席へ入れてもらい、何枚もエベレストの写真を撮った。

飛行時間三十分程度でカトマンズ空港へ戻った。帰宅して朝食を済ませてから仕事だ。

まさに朝飯前のエベレスト飛行だった。

これまで飛行機で、ヨーロッパのモンブラン、アフリカのキリマンジャロ、南米のワスカランなど、世界の高峰の上空を飛んだ。その中でエベレスト飛行は、世界最高所遊覧という点で忘れ難い思い出となっている。

若い頃のマナスルへの憧れが、中年になって仕事をとおして実現できるとは……。エベレストはこれまで多くの登山家の命を奪ってきた非情な山である。私の場合は山の神様が、

「多忙なお前に登山は無理なので、せめて上空から楽しめ！」

と〝朝飯前〟の忙中閑を、プレゼントしてくれたのかも知れない。

運転手ボラビット

微笑みの国タイの首都バンコク。かつて、ここで二年ほど暮らしたことがある。街の中心地スクムビットにある、プール付きの高層マンションからほど近いオフィスまで、毎日自家用車で通った。

Ｍ商社がタイの大手通信事業者から受注したＣＡＴＶ建設工事の総括責任が、私の仕事である。中年の運転手ボラビットが、毎日の通勤や土日のゴルフの送り迎えをしてくれる。ボラビットは温厚で、タイ人にしては珍しく英語を話す。そんな彼を叱ったことがあった。

私はしばしば、バンコク市内で建設中のＣＡＴＶ工事現場を見回りに出かけた。ある時、車を降りて仕事を終え、あらかじめ指示してあった待ち合わせ場所へ行ってみたが、ボラビットが見当たらない。さんざん待たされてやってきた運転手をきつく注意した。

彼は言い訳一つせずひたすら謝った。

あとで遅れの理由がわかった。ボラビットは私を待たせては悪いと思い、車で私の後を追ってきた。しかし、途中でバンコク名物の渋滞に巻き込まれ、私を見失ってしまったのだ。

それを知って私は、

「知らぬこととはいえ、怒ったりして悪かった。許して欲しい」

と素直に謝った。微笑みの国の人は決して怒らない。

「マイペンライ（気にしないでください）」

とニッコリ。私の謝罪がよほど嬉しかったのか、それから彼の態度が一変した。

土日のゴルフなど、家にはまだ小さい子供がいるというのに、朝暗いうちから嫌な顔ひとつせず付き合ってくれる。私もゴルフコンペの賞品は中身を見ずにすべてボラビットに渡した。妻が日本からやってくる時には、彼の子供のために玩具など、かならずなにか土産を持ってこさせた。

悪名高いバンコクの車の渋滞はすさまじく、ボラビットもずいぶんと苦労した。仕事の帰途、脇道（ソイ）で猛烈な渋滞に巻き込まれたことがあった。何分たっても車がまったく進まない。少し前を見ると、イタリアレストランがある。ボラビットが私に、

「ミスター・ハタノ、あそこで夕食を済ませてきたらどうですか？　どうせ車はしばらく動きませんよ」

と言う。なるほどと思い、下車してビールなど飲みながら夕食を終えた。四十分ほどして戻ってみると車はまだ三十メートルほどしか進んでいない。嘘のような本当の話である。

息子夫婦が新婚旅行でバンコクへやって来た時にも、ボラビットに観光名所をあちこち案内してもらった。

タイから帰国して数年後、ボラビットから一通の手紙がきた。

「新しくハイヤー会社を興したのでぜひ使ってください」

とある。残念ながらそれ以来、タイへ行くチャンスはやってこない。

砂漠の泥棒

アフリカはスーダン第二の街ワドメダニ。首都ハルツームから青ナイル川を車で三時間ほど遡(さかのぼ)った、オアシスの街である。今から三十年前、そこで五人の部下とともにODA電気通信インフラ調査に携わった。

現場は白ナイル川と青ナイル川に挟まれた関東地方ほどの広さの大規模農場だ。遥か地平線まで続く綿花(めんか)畑の中を、農作物運搬用の軽便鉄道が走っている。

しかし今は世界的綿花需要の低落で農場が荒廃し、ほとんど貨物列車の姿を見ることはない。域内に網の目のような無線通信網を張り巡らし、農場全体を活性化させるのがわれわれの仕事である。

ワドメダニはスーダン第二の都市とはいえ、しょせんは片田舎。われわれ六人が泊まれるようなホテルはない。五人が寝泊まりし、事務所としても使えそうな民家を、青ナイルの畔になんとか借り上げた。ところが、私一人がはみ出てしまった。やむなく車で十五分ほどのところにある、農林省のゲストハウスから、ポンコツ車を転がして毎日通うことになった。

五人の部下は毎朝車で現場へ出かけ、夕刻戻ってきては私にその日の測量データを渡す。それを片っ端からパソコンへ投入し報告書を作ることが私の仕事だ。

調査現場はどこまでも荒れ果てた綿花畑が続き、人影ひとつ見当たらない。自ら用意した粗末な弁当でなんとか空腹をしのぎ、夕刻、宿舎へたどり着く頃には全員くたくたに疲れ切っている。

もちろん風呂などないので、貴重な青ナイルの水で簡単なシャワーを浴び、夕食もそこそこに簡易ベッドに倒れ込む。そんな過酷な日々が一ヵ月ほど続いたある朝のこと。いつものように私がゲストハウスから車を運転して事務所へ来て見ると中は大騒ぎ。

前夜、日中の激務でみなが綿のように疲れて寝入っているところへ泥棒に入られ、現地通貨を一銭も残さず持ちさられてしまったのだ。幸いドル貨（ＴＣ）やパスポートは床に投げ捨てられていた。

通報を聞いて、警察官が三人やってきた。三人とも白い裾の長いイスラム教徒の服装で、頭にはターバンを巻いている。とても警察官とは思えない格好である。

一通りの事情聴取が終わったあと、早速捜査を始めるので車を一台貸して欲しいという。もちろん貴重なガソリン付きで。当時スーダン経済は、アメリカのテロリスト国家指定で世界最悪。地方の警察には車が一台もないのだ。

われわれにも車は大事な足だが、当方の不注意から起きた事件なので、その日の調査に予定していたジープを一台提供した。夕方になって警官が戻って来たが、成果はゼロ。初めから現地警察など当てにしていなかったが、あらためて丁重に捜査を断った。幸い盗まれた金額がそれほど多額ではなかったので、泣き寝入りで済ませた。

不思議なことにわれわれ日本人全員、この事件であまりスーダンの泥棒を憎む気にはなれなかった。日頃から人々のつつましい生活を見ていたからかも知れない。自分たちの油断が彼らをその気にさせてしまった、と自戒した。

数年後プロジェクトが軌道に乗り、所管の農林大臣が日本へやってきた。もちろんそんな事件があったことなど知る由もない。

砂漠の神様

アフリカ最大の国土面積を持つスーダン。その首都ハルツームで、白ナイルと青ナイルが合流してナイル本流となる。そして、はるか地中海まで二〇〇〇キロを超す砂漠の旅が始まる。

合流点近くに日本が援助する、通信インフラ・プロジェクトの主管庁、スーダン農林省がある。二階建ての農林省の窓からは、合流点が指呼の間だ。そこでは白濁した白ナイルと、くすんだ青緑の青ナイルのせめぎ合いが、太古の昔から続いている。

一方、われわれが常駐するプロジェクト現場は、青ナイルを南へ二〇〇キロほど遡った河畔の街ワドメダニにある。

プロジェクトリーダーであった私は、ワドメダニと、農林省のある首都ハルツームの間を、一人でポンコツ車を運転し、毎週のように往復した。

両都市の間には二〇〇キロ余りの砂漠道が通っているが、季節によって道は一部砂に埋もれてしまう。途中、ガソリンスタンドなどは全くない。そこで、ガソリンを入れたポリタンクを後部座席に積んでいる。ポリタンクから車の燃料タンクへは口で吸い上げ給油するのだが、最初のうちはこれがなかなか上手くいかず、思わず飲み込んでしまうこともあった。

日中、クーラーのない車内温度は四十五度近く、頭がぼうっとして眠気が襲ってくる。スピードを落とすとかえって眠くなるので、どうしても時速一〇〇キロ程度になってしまう。それでも眠気が去らないときは、危険なので、道路わきに車を停め仮眠した。ギラギラ輝く太陽が悪魔に見えた。

ある日のハルツームからの帰路、砂漠の中でパンクしてしまった。運悪くスペアのタイヤは往路で使用済みである。

救けを求めようにも車は通らず、荒涼とした砂漠には人影もない。仕方なく一人で車を押しながら、宛てもなく移動しはじめた。炎熱砂漠の中で自分一人である。あのときの恐怖感、絶望感は例えようがない。なかば諦めかけた。

と突如、頭に白いターバンを巻き、民族服をまとった長身のスーダン人が、いずこからともなく現れた。

緊急時に言葉は要らない。疲労困憊している私を見て、近くの村にパンク修理の店がある、と手まねでいう。そこまで一緒に車を押していくから頑張れとも。

店というより小屋に近い場所で修理してもらい、疲れ果ててワドメダニへ帰着。砂漠には夕闇が迫っていた。

あとで考えた。「あの時刻、炎天下の砂漠に男が一人居るわけがない。あれはきっとアラーの神（スーダンは回教国）だ」と。

このアクシデントに遭う十五年前、イランのヤズド砂漠で道に迷い、ベドウィンのテントに泊めてもらったことがある。あの時彼らが夕食の鹿肉を焼いている焚火まで車を誘導してくれたのは、ゾロアスター教（拝火教）の神に違いない。

更にその十年前、メキシコ中央高原の、サボテン生い茂る原野で野営した。その時はアステカの守護神ウィツィロポチトリが夢の中で、

「天幕に忍び込んだサソリに気をつけろ！　靴は必ず、振ってから履け！」

と注意してくれた。

世界各地を旅していると、さまざまな人々や、日ごろ日本ではご縁のない神々のお世話になるようだ。

幻のジャカルタ〜バンドン新幹線

台湾新幹線建設にまつわる、日台共同制作テレビドラマ『路(ルウ)』を観た。日頃あまりドラマなど観ない私だが、この台湾を舞台にした三回シリーズは楽しめた。日台の若者二人の恋愛を中心に、中年技術者の新幹線建設にかける熱意と苦悩、台湾生まれの老日本人鉄道技術者のノスタルジーなどが、生き生きと描かれている。

それにつけても思い出すのは、五年前に日本が失注したインドネシアのジャカルタ〜バンドン高速鉄道建設計画である。初めてこの計画を知った時は夢かと思い、死ぬまでに一度は必ず乗ろうと心に決めた。私にはこの両都市に深い思い入れがあるからだ。

一九七一年、電気通信インフラ調査で初めてインドネシアを訪れた。以来半世紀、駐在事務所のある首都ジャカルタと、施主インドネシア通信公社のあるバンドンの間を百回以上は往復した。両都市間の距離は約一五〇キロ。時には飛行機や鉄道を使ったが、到着してからの足の便のことを考え、多くの場合車を利用した。

海抜高数メートルのジャカルタから八〇〇メートルの高原都市バンドンまでは車で約三時間、通称「バンドン街道」をひた走る。途中の見所に、東洋最大規模のボゴール植物園、斜面に茶畑の広がるプンチャック峠、日本人好みの米の産地チャンジュールなどがある。

雨期になると、ボゴール付近ではよくランブータン売りがやってくる。ライチに似た果物だが、よりすっきりと爽やかで、日本人の味覚に合っている。

最初の頃はよく車窓からランブータンやマンゴスチンを買い求め、狭い車内が果物の甘い香りで一杯になった。プンチャック峠の茶屋ではサテを、チャンジュールの一膳飯屋では、唐辛子の効いたパダン料理をよく食べた。日常業務を忘れ、南国情緒に浸れる楽しい三時間だった。しかし、往復が毎週のように頻繁になると、身体に応えるようになってきた。

幸い車は運転手付きの専用車。三時間をなんとか有効に使おうと思い、車内にパソコンを持ち込み、溜まった仕事をこなそうとした。しかし、バンドン街道の大半はつづら折りの山道で、車が左右に揺れパソコン操作などとてもできないことがわかった。

開き直って日頃の睡眠不足を解消しようとしたが、これまた車の振動が激しく眠れない。もうそうなっては車にCDオートチェンジャーを積み込み、BGMを流しっぱなしにして瞑想にふけるしか、他に時間を潰す方法はなかった。

そんなバンドン街道往復が、足かけ四十年近く続いた。そこへ来て持ち上がったのがジャカルタ〜バンドン高速鉄道建設計画である。完成すれば両都市を四十五分で結ぶという。是非日本の手で完成させて欲しいと願った。もう仕事で使うのは無理としても、いつの日か妻と一緒に往時をしのびながら、汽車旅を楽しむことが夢になった。

その夢が、五年前の契約寸前のドタキャンで中国に持っていかれ、潰えてしまったのだ。日本中がインドネシアの背信行為をなじった。担当大臣が事情説明に来日しても、政府関係者は会おうとさえしない。心情的にはよくわかる。私も「あの親日的なインドネシアが何故？」と訝った。

にもかかわらず、半世紀にわたりインドネシアと公私にわたり付き合ってきた私は、一方的に相手を責める気になれないでいた。それだけ中国がインドネシア経済に深く食い込み、外交的にも強かだったということであろう。

現在、鉄道用地の取得難航で計画は予定より三年遅れている。コロナパンデミックによる、更なる遅れも懸念されている。最近になりインドネシア政府は、計画にバンドン〜スラバヤ高速鉄道建設を新たに加え、これを含めて日中共同企業体にやらせるつもりとの報道があった。「何を今さら!」という感じだが、計画の遅れに困り果て、見栄も外聞もかなぐり捨てて日本にすり寄って来たのであろう。

日台新幹線も、台湾側の設計変更要求で完成が一年三ヵ月程遅れた。それでも日台双方の努力でさまざまな困難を克服し、成功裡に開通した。私もかつて、台湾の通信インフラ調査をしたことがある。大の親日国で、とても仕事がしやすかった。

インドネシアの場合、日本は施主側と企業共同体を組むのではなく、相手は中国政府機関である。国の体制、企業文化の違いがあまりにも大きい。私のインドネシア在住時の印象からしても、中国の評判は必ずしもよくない。果たしてテレビドラマ『路』のように成功するかどうか。決して楽観はできない。

トロピカルフルーツとの出合い

初めてバナナに出合ったのは戦時中、小学校（当時は国民学校といった）へ入ったばかりのころだ。当時、叔父が、日本統治下にあった台湾へ高校教諭として赴任していた。日本帰国時に土産で持ち帰った乾燥バナナの味をいまだに覚えている。甘いものが不足していた戦時中、バナナは希少品だった。

戦後もしばらく不急不要品としてアメリカにより輸入制限が課せられ、高根の花だった。一九六三年にバナナ輸入が自由化された直後、メキシコへ出張してバナナをむさぼった。

「セニョール・ハタノ、バナナってそんなに美味しいの？」

と、現地の人にからかわれた思い出がある。のちに行った南米ベネズエラのランチには、いつも白飯に揚げバナナがついていた。

トロピカルフルーツのなかでも、濃厚で芳醇な味わいが特徴のマンゴー。これまで世界各地のマンゴーを味わったが、私はインドのマンゴーが一番だと思う。

一九六五年、鉄道通信調査のためインドのデカン高原を汽車でまわった。この地方にはホテルやレストランがないので、インド国鉄が私一人のために特別列車を用意してくれた。ちょうどマンゴーの季節で、昼食替わりに毎日食べさせられた。他に食べ物がないのだ。しまいにはマンゴーを見るだけでげんなりした。

マンゴーとともに汽車の中でよく食べたのがヤシの実だ。汽車に寝泊まりしていると、どうしても飲み水が不足してくる。ローカル駅でボーイにヤシの実を買いにやらせたら、汽車の通路が一杯になるほど持ち込んできた。

果実内部に溜まった汁は生温かく、決して美味しいとはいえないが、からからに乾いた喉には結構心地よい。空腹時には乳白色をしたゼリー状の果肉も食べた。よく農家の庭先でニワトリがつついているやつだ。

後にインドネシアでヤシ酒を飲んだが、極めてアルコール濃度が低い。そのころウイスキーを常用していた私にはまるで水だった。

トロピカルフルーツの中で別格はドリアンだ。あの独特の、物がすえたような臭みは、はっきり好き嫌いを分ける。私は嫌いだが、妻は大好きだ。妻をタイやインドネシアへ呼んでは周囲に内緒で食べさせた。

インドネシアのカリマンタン山中で無線通信実証実験をやっていた時のことだ。地元の農民がわれわれを慰めようと、大量のドリアンを現場まで運んできた。長い間ろくなものも食べていなかったので、全員大喜びで味わい、その皮や種を山中に捨てた。その臭いが山頂一帯に漂い、一週間近く消えなかった。それ以来、私はドリアンに二の足を踏むようになった。

インドネシアにはその他、パパイヤ、マンゴスチン、ランブータンなど、日本人好みの果物は多い。しかし、ドリアンは人の好き嫌いをはっきり分ける点で別格だ。

東南アジアの中でも乾期のタイは特に暑い。そのせいで、西瓜、パパイヤ、パイナップルなどどれも甘くて美味しい。バンコク市内では、果物だけを売る屋台が多く、いつもＯＬたちが群がっている。私も何回か試してみたが、一流ホテルのデザートで出るフルーツよりもはるかに美味しい。

アフリカ諸国でもいろいろな果物を食したが、残念ながら記憶に残るような味には出合っていない。

『サラメシ』とパワーランチ

ＮＨＫに『サラメシ』という人気テレビ番組がある。番組の主役は「働く人のランチ」だ。サラリーマンの昼飯＝サラメシから、話題の企業の社長、スポーツ選手まで、多彩な職業の人々のランチを取材している。

私はこれまで世界各地でサラメシを食べてきたが、総じて日本のサラメシは少々贅沢ではないかとの印象がある。

アメリカのシアトルやボストンの会社で仕事をしたことがある。一般社員、特にＯＬたちは、キッチンの片隅で会社が用意したコーヒーを飲みながら、持参したサンドイッチなどを食べていた。私の会社のある新宿で、毎昼千円程度のランチを食べているＯＬに比べるとかなり質素だ。

コロンビアで、昼食にあまり好きでもないハンバーガーを食べていて羨ましがられた。

贅沢だというのだ。こちらは昼食時間節約のためボーイに買いにやらせたのだが、周囲はそうはとらなかった。

調べてみたら、コロンビアは世界一ファストフードの高い国だとわかった。それからは安くておいしい現地食に切り替えた。コロンビアほどではないが、タイでもファストフードの人気は高く、超過勤務時に社員に振る舞って喜ばれたことがある。

インドネシアの首都ジャカルタでは、毎昼近くになると、ボーイがみなからお金を集め、昼飯を買ってきてくれる。白飯、魚のフライ、野菜いため、香辛料などをバナナの葉で包んだランチで百五十円ほど。これが値段の割に意外と美味い。

現地社員も同じものを食べている。社内で仲間とともに素朴な食材に接する方が、レストランなどで食べるよりもストレスの解消にもつながっているようだ。

後に大手日本資本による「ホカホカ弁当」サービスも始まったが、数倍する値段の割には、味にメリハリがなく、われわれは利用しなかった。

一方パワーランチとは、ひとことでいうと「会議を兼ねた昼食」のことで、アメリカでの言葉を初めて知った。

　ボストンの電話会社で働いていた時、新しい仕事の追加契約があった。通常の契約では場所を移して調印し、その後大勢の人々を呼んで盛大な披露パーティーを開く。この時は契約内容が小規模だったので、社内で関係者のみによるパワーランチになった。通常の昼食よりはやや豪華だが、アルコール類は出ない。

　私はもともと夜の宴会があまり好きではない。アメリカでパワーランチを知り、日本でもこれだ、と思った。周囲に勧めてみたのだが、あまり積極的な返事は返ってこない。

　少し旧聞になるが、スペインの新聞に、日本でビジネスを考えている人々への助言集が載っていた。その中で、とびきり重要なのが、夜の宴会だと書いてあった。今や夜の宴会は、国際的にも重要なビジネスの一部と位置づけられているようだ。日本にパワーランチは定着しないのかも知れない。

II

中南米・アメリカ

コロンビア・ボコタ

オルテンシア

コロンビアの首都ボゴタの高級住宅街の一画にある、五階建てのマンション。そこの四、五階へ一人で住むことになった。五階はペントハウスで、四階と室内階段でつながっている。窓からアンデスの山々がよく見え、週末にはテラスでゴルフの練習をした。日本から妻が、ニューヨークから留学中の娘がやって来るとペントハウス内の寝室へ泊まった。四階はダイニング、キッチンと書斎である。

一階のフロントには自働小銃を持ったガードマンが二十四時間常駐している。日本から遊びにやって来た友人が、「コロンビアはそんなに治安が悪いのか？」と青くなった。

キッチンには大型冷蔵庫、調理器、電子レンジなどすべて整っている。ダイニングにも七、八人は入る。食材は仕事の帰途スーパーへ立ち寄り、運転手に運んでもらうので心配はない。問題は毎日の料理である。それまでインドネシアやタイで自炊の経験はある。しかし毎日手料理となると、飽きてくるし後片付けも面倒だ。

勤め先の日本・コロンビア合弁電話会社社長が気を遣い、学生アルバイトの女性を紹介してくれた。オルテンシア（スペイン語で紫陽花の意）という名の、国立教育大学四年生である。私の秘書の母校と同じ大学だ。

かなりインディヘナの血が混じっているようで、小柄で色が浅黒い。正直、美人とは言い難いが理知的で、コロンビア人には珍しく流暢な英語を話す。

マンションの鍵を渡し、自由に出入りできるようにした。日中私の出社中に来て部屋の掃除をし、簡単な手料理を準備して帰っていく。土曜日は午後から来てコロンビア風家庭料理を作ってくれ、夕食をともにした。これは楽しかった。毎週末、娘みたいな女子大生と高級マンションでの食事。日本では考えられない、メルヘンチックな話である。

いかにも国立大生らしく、食事中の話題は硬い政治経済や社会問題が中心になる。当時はコロンビア全国で、反政府ゲリラ活動が活発だった。若者らしく、彼女も政権に対して批判的だ。彼女との会話をとおしてコロンビアの若者の生の声を聞くことができ、随分と時事スペイン語の勉強にもなった。

妻や娘が遊びに来た時に、二人を彼女に紹介した。娘の滞在は比較的長かったので、私は仕事中あまり面倒をみることができない。そんな時はオルテンシアに娘のボゴタ観光案内を頼んだ。

コロンビアには英語を話す女性は滅多にいないので、たいへん助かった。市内観光の帰途、娘を私の会社へ連れてきて社長以下幹部に紹介してくれるなど、さすがエリートのお手伝いさん、物怖じしない。

オルテンシアからコンピューター関連ショーの話を聞き、日曜日に彼女を誘って出かけ驚いた。会場に姉さんが来ている。どうもわれわれのお目付け役らしい。仕事で妹が私とマンションで会食するのはかまわないが、休日に「デート」するのは別、という訳だ。それだけ家庭のしつけがしっかりしている訳で、かえって安心した。

日本帰国の前日、社内で催された私の送別会に来てくれた。仲良くなった秘書と三人で撮った記念写真は、今でも大事にとってある。

ナスカの地上絵

南米コロンビア在住最後の思い出に、妻とペルーのマチュピチュ遺跡を見に行った。かねてからの彼女の願いである。当日は天候にも恵まれ、碧空に浮かぶ白雲を背景に、幻想的な天空都市の佇まいに感動した。百余年前に発見されるまでジャングルに阻まれ、だれも近づけなかったという、まさに奇跡の山岳都市だ。

マチュピチュからいったん旧都クスコへ戻った。二、三日ゆっくり旧市街でも散策しようと思っていたら妻が、

「ナスカの地上絵を見たいわ」

と言う。かねてから私も、あの謎めいた不思議な数々の絵を見たいと思っていた。幸い、ツアーではない気軽な二人旅だ。すぐに近くの旅行代理店に飛び込み、ナスカ行きの航空便を予約した。

ナスカからは地上絵遊覧用に、その時の客の数に合わせて小型飛行機を飛ばしている。われわれの時は十数人乗りの小型ジェット機だった。

飛行機が飛び発ってすぐに、事前にもう少し地上絵の位置関係を調べておくべきだったと後悔した。ジェット機なのでなにしろ早い。パイロットが右へ左へと機体を傾けながら地上絵の説明をするが、とてもついていけない。

なんとかわかったのが、有名なハチドリと宇宙人の絵だけだ。大地をカンバスにしたような無数の線画を見ていると、まだまだ発見されていない地上絵が多数あるような気がした。

ナスカに何回も来ている外国人観光客は、地上絵を見るにはジェット機よりも、数人乗りのセスナ機の方が良いという。速度が遅く小回りが効くからだ。今度来る時はそうしよう、と妻と話した。

飛行機を降りて、砂漠のオアシスにある小さな土産物店へ立ち寄った。店番の少年が出てきて、

「お客さんは日本の方ですね。これはどうですか?」

と宇宙人をあしらった土産物を勧める。

「この絵はわれわれのフジモリ大統領に似ているでしょう！」

と誇らしげにいう。とても似ているとは思えなかったが、彼が日系大統領を尊敬している様子がまざまざと感じられた。当時、フジモリ大統領は、世界中が注目する日本大使公邸人質事件を解決し、日の出の勢いだった。私の暮らすコロンビアでもたいへんな評判になっていた。

大統領の思いもよらぬ果敢な行動は、ラテンアメリカの人々にとってはまさに「宇宙人」の仕業に思えたのかも知れない。

地上絵の目的については、天文カレンダー、宗教施設、雨乞い用祭壇など諸説ある。私は、スイスの宇宙考古学者が唱える宇宙船滑走路説を信じたい。

アンデス寒村のクリスマス

一九九六年晩秋、単身コロンビアへ赴任した。間もなくやってくる長いクリスマス休暇を、どう過ごしたらよいのか考えあぐねていた。そんな折、元の会社の部下で、当時はニューヨークの電話会社へ転職していたK君からメールが入った。

「家内の実家が、コロンビアのアンティオキア県にあり、クリスマス休暇に家族で帰省します。ぜひ遊び来てください」

そう熱心に勧められる。アンティオキア県の県都メデジンは、首都ボゴタに次ぐコロンビア第二の都市だ。美しい街並みで知られている。以前からぜひ一度訪れたいと思っていた。

街全体がすり鉢の中にあるような形状をしていて、飛行機は何回も旋回しながら降りていく。久しぶりに空港で再会したK君は元気そう。奥さんの実家はメデジンから車で一時間余りの、アンデス山中の小村にある。彼女のお父さんはかつて村長を務めたこともある村の有力者で、中心地の教会近くに村一番の大きな家を構えている。

娘婿が日本から元上司を連れて来たというので、親類縁者が二十人近く集まり歓迎パーティーを開いてくれた。といっても女性や子供も大勢来ているので、日本のように酒はあまり飲まない。食卓には、ローカル色豊かな料理がたくさん並んでいる。

牛の焼き肉アサードを始め、アヒアコと呼ばれるじゃがいものスープ、チキンなどの肉と野菜をじっくり煮込んだサンコーチョ、もつ煮込みのモンドンゴなどである。

みな、ギター、ケーナ、チャランゴなど楽器を携え、得意の喉を披露する。K君もケーナを持ち出し『コンドルは飛んでいく』を演奏、大喝采を浴びた。哀調を帯びた素朴なメロディーに包まれ、アンデスの夜は静かに更けゆく。

海抜二〇〇〇メートル近い高地なので夜は冷え込む。暖房装置などなく、家の中でもみなポンチョをまとっている。私にも貸してくれた。コンサートは夜通し続くのだという。

長旅で少々疲れたので、用意してくれた部屋へ先に引き取らせてもらった。その晩はアンデスの夜風が身に沁み、なかなか眠れなかった。

翌日はクリスマスイブ。あまり家族に気を遣わせては悪いので、K君にだけ断り、夜そっと一人で近くの教会へ抜け出した。まだ時間が早かったとみえ、信者がちらほら祈りを捧げているだけだった。静かに讃美歌が流れていた。

私はカトリック教徒ではないが、気が付けば自然にクリスマスミサに溶け込んでいた。アンデス山脈北端のどんづまりの山村。日本人など一人もいない辺境の教会で、初めて自分自身に向かい合った。宗教を越えた、一人の人間としてのイエスの生き様に共感していた。

それは、厳しくも楽しいコロンビア三年間の始まりだった。

アンデスのタコ焼き

三年余り滞在したコロンビアで親しくなった友人の一人に、Vさんがいる。中年の陽気なイタリア系コロンビア人で、奥さんと二人、首都ボゴタの高級マンションに住んでいる。以前日本に赴任したことがあり、その時使った地下鉄丸ノ内線の通勤定期を記念にいつまでも持っているほどの、大の親日家だ。

ボゴタから一時間足らずのアンデス山中に別荘を持っていて、毎週末をそこで奥さんと過ごす優雅な身分である。

彼は英語をほとんど話さない。スペイン語を話す私に親近感を持ってくれたらしく、度々山荘へ招待された。別荘の敷地内には管理人一家が住んでいて、十頭ほどの乳牛の世話をしている。牛から搾る牛乳だけで別荘を維持しているとのことで、なんとも羨ましいかぎりだ。

Vさんは日本で食べたタコ焼きの味が忘れられず、帰国時に調理セット一式を持ち帰った。ところが説明書がすべて日本語なので、宝の持ち腐れになっている。たまたまその時期、ニューヨークに留学中の私の娘が、コロンビアへ遊びに来ていた。その話をしたら、ぜひマンションへ来てタコ焼きの作り方を教えて欲しいという。ついでに私に日本語の取扱説明書をスペイン語に翻訳して欲しいとも。

当日、娘の指導でなんとかでき上がったタコ焼きに、奥さんともども大喜び。来週はぜひアンデス高原の別荘へ来て欲しいと招待されたが、娘の日程もあり、丁重に断った。

Vさんに日本人の友人Hさんを加えて私と三人、週末にアンデス渓谷へよくマス釣りに出かけた。Hさんは元外務省の嘱託で、メキシコ大統領が来日した際に通訳を務めたほどのスペイン語の大家である。ボゴタの会社で席が隣り合わせだったので、よくスペイン語を教えてもらった。

彼は釣りも玄人はだしでコスタリカなどへの遠征の経験もある。いつもマスが釣れすぎ、冷蔵庫がいっぱいになってしまう。秘書や運転手にお裾分けして喜ばれた。

私の日本帰国が迫って来た。雇主であるコロンビア通信公社部長の肝いりで、Vさんの別荘で送別会を開いてくれた。当日は関係者の家族も含めて二十人ほどの人々が集まった。Vさんが得意げにみなにタコ焼きの話をしている。

澄み切ったアンデス高原の空の下、みなで囲んだ特製パエージャの大鍋。そしてイタリアの肝っ玉母さんのような、恰幅の良いVさん奥さんの笑顔。いつまでもコロンビアの話題は尽きなかった。

大統領をレンタルせよ！

一九九六年十二月に起きた、在ペルー日本大使公邸人質事件。当時私はコロンビアの首都ボゴタの電話会社へ赴任したばかりだった。

その日は休日で、以前から親しかった日本大使を訪れていた先輩のTさんが、急きょ戻って来て言う。

「波多野さん、どうもペルーで何かたいへんな事件が起きたらしいよ」

それがすべての始まりだった。その日から約四ヵ月間、現地メディアをとおして事件の詳細が連日伝えられた。結果、ペルーのフジモリ大統領の陽動作戦が功を奏し、人質が全員無事に解放されたのは周知のとおりである。

新聞や雑誌に掲載された報道写真の数々。その中で、凄まじい光景を写した一枚がある。テロリストを鎮圧したあと、防弾チョッキに身を固めた大統領自身が日本大使公邸へ乗り込み、現場を確認している写真である。大統領の足元には爆破で頭を吹き飛ばされた犯人の死体が横たわっている。日本のメディアには絶対載らない写真だ。政府軍をてきぱきと指揮している大統領の姿には、自信に満ちたオーラがあった。テレビでニュースを観ても、彼が大統領の職務に命をかけていることが、ひしひしと伝わって来る。

当時コロンビアは政府軍と反政府ゲリラの闘争が全国的に激化し、事実上の内戦状態に陥っていた。長引く内乱に国民の間には無力感が漂い、血なまぐさいニュースをいっさい流さないFM放送もあった。

そんな時に起きたペルー人質事件だ。多くのコロンビア人がフジモリ大統領の姿に日本のサムライを重ね、拍手喝采（かっさい）した。電話会社の幹部が次々に私の傍に来て、

「フジモリこそ本物のサムライだ。いまコロンビアに必要なのはフジモリである。ペルーからフジモリを数週間レンタルしよう！」

と半ば本気で叫ぶ。

私は言った。

「あなた方から見たら、フジモリ大統領は確かに日本のサムライに見えるのでしょう

ね。でも残念ながら現代の日本には、彼のような人間はいません」

翌年、仕事でペルーへ行った。土産物店で会ったインディヘナの少年が、私を日本人と見て親しげに、

「われわれのフジモリ大統領は……」

と話しかけて来る。首都リマでは子供のひったくりにあったが、なにか憎めない。日系大統領の国故だからであろうか？

そんなフジモリも最後は権力闘争に敗れ、獄に繋がれた。

数年前に、大統領特赦で釈放される前の写真を見た。かつて日本大使公邸へ乗り込んだ勇猛果敢な姿は片鱗もなく、ただ一人の好々爺が介護ベッドに横たわっていた。あまりの変わりように、つくづくと人の世の無常を感じた。

アルバロさんのこと

私が技術顧問をしていたコロンビアの電話会社に、アルバロさんという技術担当部長がいた。ちょび髭を生やした温厚な中年紳士で、二人でよく地方へ現場視察に出かけた。そんな時は、朝まだ暗いうちに私の車で彼のマンションまで迎えに行ったものだ。恰幅の良い控え目な奥さんが、いつもにこにこと出迎えてくれた。

アルバロさんの生家は、コロンビア最大のマグダレナ川がカリブ海と出合う河口の街、バランキージャにある。近隣のカルタヘナへ二人で出張した折、ぜひ寄って欲しいと招かれた。生家には、私の母親と同じ年代のお母さんが孫たちと一緒に暮らしていた。

首都ボゴタから息子の上司が来たというので、カリブ海沿岸地方の郷土料理でもてなしてくれた。遠く日本にいる母親を見る思いがした。出張中の立ち寄りだったので、手土産も持たず申しわけなかった。

コロンビア・カルタヘナ

私とは公私ともに良好な関係にあったアルバロさんだったが、仕事の方で問題があった。電話会社の雇主であるコロンビア通信公社への出入りを禁止されてしまったのだ。通信公社のプロジェクト担当課長との間でなにか行き違いがあったらしい。

「セニョール・ハタノ、あなたは担当課長と親しいので、なんとか取り持って欲しい」

と私に泣きついてきた。そのことを課長に伝えると、

「ハタノさん、あなたの立場はわかりますが、彼だけはどうしても許せない。

今後この件からは手を引いて欲しい」

と、けんもほろろである。どうしても入門許可証を発行してくれない。結局、アルバロさんの仕事まで私が引き受けることになってしまった。

一方、心優しい電話会社の社長は、その後の私のアルゼンチン出張時に、傷心のアルバロ夫妻を同行させてくれた。仕事の合間に三人でブエノスアイレスのタンゴバーへ行った。

ショーの最後に観客全員が『カミニート』を合唱。その哀調を帯びたメロディーに心なしかアルバロさんは涙ぐんでいた。その時撮った記念写真が今でもアルバムに残っている。

私の日本帰国に際して、送別パーティーが開かれた。その時もアルバロさんは招かれなかった。あんな温厚な紳士のアルバロさんだけがどうして？

人間関係は難しい。

日本に帰国して半年後。アルバロさんから突然電話がかかってきた。

「仕事がないので、セニョール・ハタノの知り合いに紹介してくれませんか？」

とうとう電話会社を解雇されてしまったらしい。秘書の解雇の時もそうだったが、地球の裏側に住む彼らの期待にそえず、自責の念にかられた。

コロンビアのペコちゃん

これも私が技術顧問を務めていた時のことだ。十七、八歳の下働きの女子社員がいた。なかなか愛想の良い子だが、丸くて赤い頬が、不二家のマスコットに似ている。日本人社員はみな彼女のことをペコちゃんと呼んでいた。

コロンビアは、女性が男性より恋愛に積極的なお国柄である。ペコちゃんの歳には、たいていボーイフレンドの一人や二人はいる。しかし彼女の場合は、なかなか男性が寄りつかない。

電話会社では社員のために毎年盛大なクリスマス・パーティーを開いている。大ホールにバンドを呼び、明け方までダンスに興ずる。女子社員はみな会社の運転手が家まで送り届けるので、安心して一晩中踊っていられる。

ある年のクリスマスイブ。その年は会社がカリブ海沿岸のカルタヘナで新しいプロジェクトを受注、パーティーはひと際盛り上がった。

コロンビア人副社長が、私の秘書と嬉しそうに踊っていた日頃から目を付けていた
のだ。片時も離そうとしない。彼女が気にして私の方をちらちら見る。一方、ペコちゃ
んは「壁の花」でだれもダンスの相手をしてくれない。
いくらなんでも可哀そうだ。コロンビア人の中に男気のある人間はいないのか？　曲
が変わったところで、彼女にダンスを申し込んだ。

「え！　セニョール・ハタノが私と？」

と、一瞬きょとんとしていたが、直ぐに満面の笑みを浮かべて快諾。どんな曲だった
かもう覚えていない。とにかく体が密着するスローテンポの音楽でなかったことだけは
確かだ。

その時から彼女の態度が、がらっと変わった。毎朝私は車の渋滞を避け、会社に一番
乗りしている。ペコちゃんはその私よりさらに三十分ほど早く出勤し、オフィスの掃除
やコーヒーサーバーの準備をしていた。私が、

「お早う（ブエノス・ディアス）！」

と声をかけると、

「ブエノス・ディアス、セニョール・ハタノ。コーヒーが入りましたよ」

と言って、だれよりも先に、その日一番の香り豊かな飲物を持ってきてくれる。ダンスに誘われたのがよほど嬉しかったようだ。

まもなくペコちゃんには、待望のボーイフレンドができ結婚した。男の子が生まれ、みんなで産着を贈った。

後日、親しい日本人社員に私が、

「ペコちゃんに子供が生まれて本当に良かった。あの子の魅力がわかる男がようやく現れたってことだね」

と言ったら、

「こうなってみると、寂しい気もしますね」

とニヤリ。

なんだよ、ペコちゃんにダンスを申し込んだのは、私一人だけだったじゃないか。

不動産屋のセニョリータ

コロンビアの首都ボゴタで三年半近く暮らした。会社が街はずれのゴルフ場近くにある、家具付きの中層マンションを借り上げてくれた。閑静な場所にあり、窓からはアンデスの山々が指呼の間で、環境、設備とも申し分ない。

住み始めて一年ほどして、ニューヨークで勉学中の娘が、夏休みに遊びにくることになった。部屋数は十分だが、寝具は私一人分しかない。臨時にもう一組追加するよう、会社をとおして不動産屋に頼んだ。

赤いセダンを運転し、やってきたのがなんと娘と同じ年ごろの、素敵なセニョリータだ。私の注文をテキパキと裁き、すぐに追加する寝具は決まった。ついでにベッド脇の据え置き型電気スタンドも頼んだ。その他、調理器具も二、三補充してもらった。このあたりが、物件の斡旋だけをする日本の不動産屋とは違うところだ。

やがてニューヨークからやってきた娘が、ベッド脇のスタンドを見て叫んだ。

「あら、これ私の部屋のものと同じだわ！」

多分コロンビアからの輸入品なのだろう。柔らかな天井の間接照明が気に入っていたが、娘が使っているくらいだから安物に違いない。

あの不動産屋のセニョリータ、見かけによらずなかなか商売に長けている。それにしても、ニューヨークから五時間の空旅でやってきたボゴタの私の部屋に、日ごろ娘が使っているものと同じスタンドがあるとは！

二週間あまりの滞在期間中、セニョリータが用意してくれた調理器具で、娘にいろいろ料理を作ってもらった。娘は自分が去ったあと、私が作る簡単なレシピも用意してくれた。娘は初めての南米を体験し、予定どおりニューヨークへ戻っていった。

コロンビアへ赴任して三年余りが経ち、私の日本帰国が迫ってきた。ある日、セニョリータから電話があり、私の送別会をやってくれるという。郊外に、夜景のきれいな素敵なレストランバーがあるとも。なんとも嬉しい話だが、私の娘と同じような年ごろのお嬢さんなので躊躇（ちゅうちょ）した。

「ありがとう（グラシアス）、でも当日は週末の夜なので、私の運転手には予定があって……」

「心配いりませんよ。私の車でセニョール・ハタノのマンションまで送迎しますから」

結局、若い女性との「デート」の誘惑に負け、赤いセダンの到着を待った。日本帰国の前夜だった。

生涯でこれほど素晴らしい夜はなかった。

宝石を散りばめたように煌（きら）めく、高原都市ボゴタの幻想的な夜景。窓際の予約席に座り、セニョリータとカクテルで乾杯した。三年余りにわたるコロンビア暮らしの話は尽きない。この日のためにだけでも、長い間スペイン語を勉強してきた甲斐があった。

一流レストランで若い女性にご馳走になり、マイカーで自宅まで送ってもらう。いくらビジネスとはいえ、このようなことは日本では絶対にあり得ない。その他の人々との付き合いも含めて、コロンビアにおける濃密な人間関係を感じた。

翌日の夜、久しぶりにニューヨークで娘と再会した。

「パパ、なんだか嬉しそうね」

「実は夕べ、若い女性とデートしてね」

「道理で……」

馬齢を重ね、いつしか「人畜無害」に見られる歳になった。でも、だからと言うべきか、公私にわたり若い女性とフランクに付き合うチャンスが増えた。常に「みんなと同じ」を要求する日本と違い、「同調圧力」のない海外だからこそ享受できる特権なのかも知れない。

マリアッチ

アルゼンチンタンゴとともに、中南米音楽の二大ジャンルとして知られているメキシコのマリアッチ。ギター、バイオリン、トランペットなどが醸し出す哀調を帯びたメロディーを聴くと、なにか胸が締め付けられる思いになる。

マリアッチにはメキシコ市郊外のソチミルコで初めて出合った。前スペイン期に現在のメキシコシティーは、テスココ湖に浮かぶテノチティトランと呼ばれる水上都市だった。

ソチミルコは、都市内に縦横に発達した運河の一部である。河畔のポプラ並木や行き交う小舟に、今でも当時の面影を偲(しの)ぶことができる。

電気通信インフラ調査でメキシコ各地をまわった。地方の町では、仕事を終えたあと、よく町の中央広場(セントロ)へ夕涼みに出かけた。そんな時、

「セニョール、一曲どうですか?」

とやってくる流しのマリアッチを聴いたものだ。あのどこか昔の豆腐屋のラッパを思わせる、郷愁をそそるトランペットの音色。そしてバイオリンやギターが奏でる、心に沁みるもの悲しいメロディー。

しばしばリクエストした曲に『シエリト・リンド』『ラ・ゴロンドリーナ』『グアダラハラ』などがある。特に『シエリト・リンド』は、私の十八番(おはこ)で、スペイン語の歌詞を懸命に覚え、日本帰国後は飲み会などで披露した。

初めてメキシコを一人で訪問してから四十年後、妻を伴い懐かしいソチミルコへ行った。若いころより多少の経済的ゆとりはある。チャーターした遊覧船にマリアッチを乗せた船が近づいてきた。見れば十人近い大編成バンドだ。妻に良いところを見せようと、思い切って、

「一曲頼むよ(ウナカンシオン　ポルファボール)!」

と声をかけた。リクエストしたのはマリアッチ発祥の地グアダラハラを称えた『グアダラハラ』である。

「西部の真珠」と呼ばれるスペイン植民地時代の美しい街並みを残す、メキシコ第二の都市グアダラハラ。何度も訪れた大好きな都市だ。『シエリト・リンド』や『ラ・ゴロンドリーナ』と違い、曲のテンポが速い。

さすがに大編成のマリアアッチ。ギタロンの低音が腹の底まで響く、至近距離での生演奏に圧倒された。緊張して飲みかけたテキーラを味わうゆとりもない。妻などは感激のあまり、声も出ない。無理もない。たった二人のため、十人のオーケストラが、目の前で熱演しているのだから。

マリアッチはメキシコの他、私が長く滞在したコロンビアでも人気がある。誕生日や結婚式にはしばしばバンドを呼ぶ。かつて私のマンションの隣室で、なにかの祝い事でマリアッチを呼び、その大音響で夜遅くまで眠られなかったことがある。

マリアッチを聴くのに良い場所は、遊覧船の中でも、マンションの部屋でもない。灼熱の太陽が沈み、夕方のそよ風が心地よい下町の、噴水の飛沫が飛び散る中央広場（セントロ）が一番だ。そこにテキーラなどが加われば言うことはない。

メキシコからの手紙

一昨年暮れ、自分史的エッセイ集『海外に生く』（郵研社）を上梓した。エッセイ集の中で、十歳になる在ニューヨークの孫娘と、彼女の昔のベビーシッター、マリアのことを書いた。マリアは現在家族とともに、スペイン植民地時代の美しい面影を宿すメキシコの地方都市プエブラに住んでいる。

私自身もプエブラに縁がある。日本の海外渡航自由化直前の一九六四年、はじめての外国メキシコへ出張した。首都メキシコシティーへ着いた直後の週末、一人で長距離バスに乗り訪れた街がプエブラだった。勉強中であったスペイン語の武者修行に出かけたのだ。

エッセイ集のマリアと孫娘の再会に関する話にスペイン語訳を付け、ニューヨークの娘経由でマリアへ贈った。

メキシコ・ユカタン半島

そんなことがあって一ヵ月後。メキシコから一通のスペイン語の手紙が届いた。

マリアからのもので、目を通してみるとどこかで読んだ文章である。それもそのはず、先の私のエッセイを私自身がスペイン語に翻訳した文章そのものだった。ただ一ヵ所だけプエブラの位置が、私の文章とわずかに違っているだけで、全文丁寧にタイプしてある。

その他には何のメッセージも入っていない。「これって何？」

と思い、娘にメールしてわかった。娘はスペイン語を話さず、マリアの英語は片言だ。娘がマリアに、

メキシコ・プエブラ

「父のエッセイを読んで何か感想があれば聞かせてね」

と言ったのを、

「父の西文を添削して欲しい」

と勘違いしたらしい。

だれかと相談したマリアは、添削するところがないのでプエブラの位置を少し変更し（これも原文が正しかった）、全文リタイプして私のところへ送ってきたのだ。

日本語→スペイン語→英語→スペイン語の流れの中で生じた、小さな勘違いだった。ちなみにマリアは私のスペイン語を、完全に理解したようだ。

「プエブラのことを美しく描写してくれて

マリアと孫娘

ありがとう。お父さんによろしく伝えて欲しい」とのメッセージが別途、娘に送られてきたという。

そんなやり取りをしているうちに、なんだか死ぬ前にもう一度、プエブラへ行きたくなってきた。いまだにあの美しい石畳みの街が忘れられないのだ。

途中、ニューヨーク在住の中一の孫娘と落ち合い、一週間ほど人生最後の旅へ付き合ってもらえたら、もうこれ以上思い残すことはない。しかし現在、世界中が新型コロナウイルスの渦中。孫娘の毎夏恒例の日本国内体験入学も、去年は中止になった。プエブラのことは夢のまた夢に終わるのか……。

ウルフ会長のこと

一九八二年から一年間、ボストンでポケットベル事業を展開する通信事業者の、コンサル業務に携わった。会社のオーナー会長は、折から入札仕様の定まった自動車電話事業に打って出ようとしていた。

そんな同社へ、アメリカ進出をもくろむ日本の大手通信機メーカーM社が目をつけた。私をリーダーとする、五人の日本人コンサルチームが新規事業の調査、設計を担当することに決まった。

会長はファーストネームがウルフというユダヤ系アメリカ人だ。下に社長を置かない、完全なワンマン体制である。一方でウルフ氏は、おおかみという名前に似合わず気さくな人柄である。初対面の時から私とはお互いに「ウルフ」「ケン」と、ファーストネームで呼び合う仲になった。

ウルフはわれわれの仕事に期待し、チームに乗用車一台、私にはボストン市内を流れるチャールズ川沿いの高台にある、高級マンションを提供してくれた。

ウルフは小澤征爾とボストン交響楽団のファンでもあり、こんな自慢をしたことがある。

「ケン、われわれボストン市民は、日本が捨てたセイジを、世界一流の指揮者に育てたんだよ」

ウルフはスポーツカーのフェラーリとフェアレディ、その他五、六台のセダンを持つカーマニアで、週末にはよくわれわれをドライブに誘ってくれた。

ボストン郊外にある豪勢な自宅に招待されもした。そんな時、彼の奥さんは水着姿でプールサイドの寝椅子に寝そべり、ファッション雑誌など読んでいて何もしない。ウルフがわれわれを喜ばそうと、一人で伊勢エビを焼いていた。冷たいボストン湾で採れるエビは、身が引き締まり日本人好みなことをウルフはよく知っているのだ。食器類はすべて紙製で、使ったあとは捨てるだけ。奥さんの出番はない。

仕事が多忙な時、ウルフは土日でも会社へ出勤する。朝から夜遅くまで、日本のサラリーマン顔負けの仕事ぶりだ。あまり多忙なので、新聞広告で社長を雇った。私にも紹介してくれた。

初期調査が終わった段階で、私は一旦日本へ帰国した。半年後に戻ってみると社長の顔が見えない。ウルフに訊くと、

「彼は社長の器ではないことがわかったので、首にしたよ」

と、にべもない。

オーナー会長の力は絶大だ。いとも簡単にお雇い社長の首を挿げ替えてしまう。

自動車電話事業申請書の書き方をウルフに相談したところ、ワシントンDCにある連邦通信委員会（FCC）を紹介してくれた。彼がつけてくれた、ハーバード大学ビジネススクール在学中の会長秘書を伴い、ワシントンへ出張した。中国系美人秘書との一泊旅行だが、アメリカではそんなことをとやかく言う者はだれもいない。ウルフから事前に連絡があったので、担当職員が懇切丁寧に応対に出、多数の参考資料をくれた。

日本でいえば、一外国人技術者が総務省を訪ね、携帯電話事業への参入手続きを聞きに行ったようなものだ。はからずもユダヤ人によるロビー活動の実態を目にした。

ＦＣＣからの最新情報を参考に、日本チームはシステム設計にベストを尽くした。しかし残念ながら、地元ライバル企業のハードウエア技術力が圧倒的で、アメリカ自動車電話市場への参入は失敗に終わった。自動車電話に次ぐ携帯電話市場でも、日本はアメリカで着メロを鳴らすことはできなかった。

その冬のボストンは記録的に寒かった。市内を流れるチャールズ川が凍り、ダイヤモンドダストがきらめく川の上を歩いた。ボストン湾では凍る海を初めて見た。

その時以来今日まで、世界における日本の電気通信は冬の時代が続いている。

自家用ジェット機—格差の象徴—

日本では自家用ジェット機が、裁判中のカルロス・ゴーン被告の国外逃亡の足として使われ、ニュースになった。私は一九八一年から一年間、アメリカの財閥系会社で仕事をし、自家用ジェット機使用について目の当たりにしている。

仕事の初日に、シアトルにある財閥系会社の社長室へ着任の挨拶に行って驚いた。広い社長室の壁には、十数機の小型ジェット機の写真がずらり。中には、水上飛行機もある。すべて社長専用機とのこと。私もそのうちの一機を借りて、アイダホ州の自動車電話置局調査をした。世界一の大国アメリカの大企業トップが、一機や二機の専用ジェット機を持っていたとてさほど驚かない。しかし二桁もの飛行機所有は、明らかに富の偏在といわねばならない。

富の偏在は知の支配から生まれる。具体的にはハーバード大やコロンビア大をはじめとする有力大学出身教養人の、知による社会支配である。哲学者の内山節氏はこれを「知の支配が生んだ格差」と呼んでいる（二〇二〇年十月十一日付　東京新聞）。

彼らはもっともらしく経済、環境、雇用問題などを語りながら、巧みに社会の支配層を形成していった。私がアメリカで仕事をしていた二十世紀末には、そのことがまだはっきりした形で社会の表面に現れていない。

今世紀に入り、富の格差に対する白人下層階級の不平不満が、次第に強くなってきた。前回の大統領選挙のとき、日本はもちろんアメリカのメディアも、そのことをまったく読み切れなかった。

私はトランプ大統領の政策には反対だが、選挙結果には納得した。それまでにアメリカ東部、内陸部、西部の諸州を仕事で回り、極端なアメリカ社会の経済格差に遭遇していたからだ。

日ごろテレビに出て、物知り顔で政治、経済を解説している、ほとんどの学者や評論家の予測が外れた。彼らは自らの勉強不足を恥じることもなく、トランプ大統領選出を「まったく予想もしませんでした」と、しゃあしゃあとしている。

アメリカ・マンハッタン

自らの足で現地を歩こうとせず、大手メディアの情報だけを鵜呑みにして物を言うから、こういうことになる。彼らは、メディア自身が教養人支配層の一部であることに気づいていない。

トランプはその点を巧みに突いた。トランプ支持者の六十パーセントは、ニューヨークタイムズやワシントンポストに無縁な高卒白人労働者だ。最近ではインターネット普及もあり、これまで埋もれていたこれらの人々の声が顕在化してきた。

彼らは必ずしもトランプ大統領の政策を支持しているわけではない。野卑な言動で教養人支配層を罵倒する大統領に、新しい時代の英雄像を重ねているのだ。

リスクを承知でマスクもせず、新型コロナに感染した大統領の演説を聞きに集まる岩盤支持者たち。テレビニュースを見ると、そのことがよくわかる。

四十年前にアメリカで自家用ジェット機に乗り、想像していた以上の貧富の差を感じた。その自家用ジェット機に象徴される経済格差が、いまアメリカ社会を分断している。ニューヨークに住む、アメリカ国籍を持つ娘家族の将来が気になる。バイデン民主党政権が発足した。当分のあいだ、アメリカから目が離せない。

冬のウィーン

アフリカでの仕事が一段落し、帰途にオーストリアの首都ウィーンへ立ち寄った。季節は冬で、街全体が寒々としていた。

ウィーンを訪れ、ウィンナワルツを語らないわけにはいかない。このワルツ、初めのころは、ダンスホールで庶民男女がぴったりと体を寄せ付けあって転げるように踊っていた。男が女の目を回し、そのあとワインを飲ませてものにしたという。

卑猥、野蛮な踊りとみなされ、禁止令が出された時代もあった。ウィンナワルツは、このように何とも品のない踊りの伴奏音楽だったのだ。

そのうちこのエロっぽい踊りの誘惑に負けた貴族たちが、庶民に変装してダンスホールへ出かけた。最盛期には、五万人が踊れるホールまで造られたという。長いヨーロッパの歴史のなかで、ウィンナワルツは、庶民文化が貴族文化に影響を及ぼした珍しい例だといわれている。

ウィーン市内を流れるドナウ川の畔を散策した。ドナウ川といえば、オーストリア第二の国歌と呼ばれるヨハン・シュトラウスの『美しき青きドナウ』がまず脳裏に浮かぶ。しかし訪れた季節が冬だったせいか、川は全然青くも美しくもない。どんよりと濁っていて表情に乏しく、どこの都会にでもある普通の川だ。

「シュトラウスさん、わざわざアフリカから足を延ばして来たのに、これじゃ話が違うじゃないの」

と、ひとりごちた。

もともとこの曲は合唱曲で、歌詞はドナウ川の美しさを称えたものではない。プロイセンとの戦争に負け、意気消沈する国民を励ますための曲だった。東日本大震災復興支援ソング『花は咲く』の原型みたいなものだったらしい。

私は『美しき青ドナウ』よりも、同じヨハン・シュトラウスの『ウィーンの森の物語』のほうが好きだ。曲の冒頭と最後に、チロル地方の民族楽器チターのソロ演奏がある。その愁いを帯びた甘い音色が胸を揺さぶる。

ウィーンを舞台にしたイギリス映画『第三の男』は、映画史に残る名作といわれる。チターはこの映画のテーマ音楽演奏にも使われ、世界的にその名を知られた。私が高校時代のころだ。

ドナウ川とともに有名なのがウィーンの森である。しかし、曲から私が勝手に想像した、鬱蒼（うっそう）とした大樹の間から妖精が顔を出すような、ロマンティックな森ではなかった。何か日本の里山のような感じで、冬枯れのブドウ畑の合間からウィーンの街が垣間見える。ドナウ川もそうだが、曲から受けるイメージとはかなり乖離していた。人間の想像力をかきたてる音楽の偉大さを、あらためて感じた。

ドナウ河畔の遊園地に、『第三の男』で有名になった大観覧車がある。暗黒街に生きる主人公が、初めて姿を表す映画の山場だ。しかし、これも日本のどこの遊園地にもある乗り物で、格別ウィーンにだけで見られるものではない。

映画は光と影を効果的に用い、第二次世界大戦の影を背負った人々の姿を、チターの音色をバックに巧みに描いている。大観覧車は主人公が自らの犯罪を、親友に釈明する場に選んだ、恰好な小道具に過ぎない。それが特別に観客の印象に残るのは、やはり映像作家の力というべきなのであろう。

ハプスブルク王朝が、パリのベルサイユ宮殿に対抗して建てたといわれるシェーンブルン宮殿へ行った。この宮殿からフランスのブルボン家へ嫁ぎ、やがて断頭台の露と消えたのがマリー・アントワネットだ。束の間、ヨーロッパ史の断片に思いをはせる。

この季節のウィーンはどこへ行っても物静かで、いかにも成熟した街という印象を受けた。

「社長令嬢」

晩年になって電気通信コンサル会社の社長を引き受けた。人生最後の仕事として大型円借款プロジェクトを受注し、ジャカルタに事務所を開くことが夢になった。インドネシアには足掛け四十年にわたり関わり、公私に愛着があったからだ。

受注目標は運輸通信省所管の全国船舶通信網整備計画である。受注活動の一環として航海局長のところへ挨拶にいった。

局長から、

「あなたの会社と、（ライバルの）ＫＤ社とはどちらが大きいのかね？」

と訊かれ、これはいけると思った。日本の大手通信事業者といえども、インドネシアではあまり知られていない。

その点、同国の通信コンサル業務に長年携わってきた技術者を多数要する私の会社は有利だった。個人の実績と人脈がものをいい、幾多の内外大手コンサルを抑え、ジャカルタの一等地にプロジェクト・オフィスを開設することができた。

プロジェクトが軌道に乗るまで、たびたびインドネシアへ出張し陣頭指揮を執った。

そんな折、ニューヨークの日本領事館に勤務している娘から、

「同じ部署で働いていた館員がインドネシア大使館へ転勤することになったので、パパも挨拶に行ったらどう？」

とのメールが入った。早速部下を伴い、大使館を訪れびっくりした。なんとその館員とは、外務省生え抜きの外交官で、インドネシア政治担当のＳ一等書記官だったのだ。

「ニューヨークではお嬢さんに、度々英語で助けていただきました」

と言われ二度びっくり。

「世の中狭いですね」

と話が弾んだ。Ｓ氏は東京外語大学インドネシア語科出身で、英語よりインドネシア語のほうが得意とのこと。ニューヨークよりジャカルタの水が合っているとも。私もそれまでボストンやシアトルで仕事をしたが、アメリカよりもインドネシアや南米コロン

「社長令嬢」

ビアの方が住みやすい。

S書記官は人柄も良く、こういう人が外務省にいるとは、日本の外交も捨てたものではない。夕食に誘われたが、立場の違いを考え丁重に断った。

しばらくして娘からメールがきた。早速、当日のことがニューヨーク総領事館へ伝わり、しばらくの間娘は館員から、「社長令嬢」と冷やかされたとのこと。大使館もインドネシア運輸通信省局長と同じように、私の会社をよほど大きな会社と思ったようだ。

このようなハプニングもあってスタートしたプロジェクトは、六年がかりで無事完成した。いまインドネシア全国の海は、日本の最新電気通信技術により守られている。

アメリカ人になった娘

東京の大学を出て地方局のアナウンサーになっていた娘が、アメリカの大学院へ入りたいと言い出した。本格的なメディア論を勉強するつもりのようだ。私が南米コロンビアの電話会社へ技術顧問として赴任したころのことである。

大学院の授業についていくには、当然のことながらまず英語をブラッシュアップしなければならない。現地の語学学校へ二年間通い、幸い希望するニューヨーク大学大学院へ入学できた。

コロンビアの首都ボゴタに住んでいた私は、帰国の都度ニューヨークに立ち寄り、娘の下宿を訪れた。日本人学生と部屋をシェアし、真面目にやっている様子だ。アナウンサー時代の預金だけではとても生活できず、私の給料の大半を妻が送金した。コロンビアでの私の生活はほとんど滞在費でまかなえたので、経済的にはずいぶんと助かった。

ニューヨークに立ち寄った際には、ちょっと無理をして有名レストランやバーを案内させ、ワインで乾杯した。アナウンサー時代の経験があるせいか、娘は貧乏人の割には舌が肥えている。半端ではない料金を支払った店もある。

大学院の夏休みには、ラテンアメリカの現状を知ってもらおうと、コロンビアへ呼んだ。自宅マンションのお手伝いさんとして雇っている女子大生を娘につけ、ボゴタ市内を案内してもらった。会社幹部や私の秘書にも紹介し、彼らの家に招待されるなど大歓迎を受けた。

あっという間に四年が過ぎ、大学院卒業

式がやってきた。コロンビアにいた私は、その日に合わせて妻を日本から呼び、二人でマンハッタンのキャンパスへ向かった。当日は曇りで、屋外の会場は肌寒い。世界中から集まってきた父兄たちが、あちこちで記念撮影をしている。私も娘と学友たちの写真を撮った。

私と妻は日本へ戻り、娘は就職活動をするためそのままニューヨークに残った。その後、娘はメディア関係のフリーランサーや在ニューヨーク日本総領事館勤務を経て、現在は日系メガバンクで働いている。総領事館時代に知り合った国連大使のシェフと結婚し、一児の母でもある。

娘は二十代からアメリカに住み友人知人も多く、日本に帰る気はまったくないらしい。数年前に国籍を取得し、とうとうアメリカ人になってしまった。アメリカ生まれの孫娘も二重国籍を持ち、成人してからも日本に住む気はなさそうだ。

私もアメリカに一年余り住んだことがある。アメリカには世界中の芸術、音楽、文学が集まっており、食文化も多様で何一つ不足するものはない。だれでもが住んでみたいと思う。ただそれにはある程度経済的に恵まれていることが不可欠である。低所得層のアメリカ暮らしほど惨めなものはないからだ。
今アメリカはコロナ禍を契機に、社会の分断化が進んでいる。孫娘が成人するころ、
アメリカ社会はどうなっているのだろうか？

III

日 本

茨城·与田浦植物園

山寺の夜の夢

あれは本当にあった出来事なのだろうか？　夢幻（ゆめまぼろし）ではなかったのか？　今でも半信半疑の思いが残っている。

太平洋戦争末期の一九四五年のことである。東京の小学校の四年生だった私は、信州の山奥の寺へ学童集団疎開していた。

東京から二十人ほどの生徒を引率してきた先生方の中に、S先生という十七、八歳の女性代用教員がいた。当時の学校現場では、師範学校卒の教員資格者を十分に確保できず、旧制高女四年卒業（今の高校一年相当）で大勢の女性が代用教員として教職についていたのである。S先生もそうした教員の一人だった。

東京の小学校近くにあったS先生の家は、刀工を生業（なりわい）としていて、級長だった私は何度か呼ばれて遊びに行ったことがあった。店に飾ってある、展示用ガラスケースの中の日本刀を間近に見、子供ながらに刃文の持つ妖しい美しさに魅せられたことを覚えている。S先生は生徒たちと歳が近く、先生というより優しいお姉さんのような存在だった。

山寺へ疎開してからしばらくたったある夜、いつものように本堂付近にある大部屋で空き腹を抱えて寝ていると、

「ケンチャン、先生はこれからおしっこに行くの。途中怖いから一緒に来てちょうだい!」

と、S先生に起こされた。そんなことも級長の役目かと思い、重い瞼をこすりながら先生の後に従った。

寺の厠(かわや)は本堂から二十メートルほど離れた庫裏(くり)の近くにあった。本堂とは吹きさらしの渡り廊下でつながっている。夜は灯りなど何もない暗闇の世界。廊下の前は墓場で、若い女の先生ならずとも足がすくむ。私も怖かった。

田舎の寺のこととて厠は二畳間ほどの広さがある。中に入ったS先生が、外で待っている私に命令する。

「怖いから戸を開けたままにして、先生を見ていてね!」

先生がむこうを向き、寝巻の裾をまくりしゃがみ込む。白くまろやかな輪郭が、小窓から差し込む星明りにぼんやり浮かんだ。

Ｓ先生は同じ屋根の下で暮らしている私を、生徒というより、自分の意のままになる弟のように思っていたのであろう。パワハラだのセクハラだのという言葉のない、人間関係が濃密だった時代のことだ。

そんなことがあってからしばらくして、Ｓ先生は家業を継ぐため東京へ戻って行った。その後間もなく、東京の私の家は米軍の空襲により焼失した。近所にあった先生の自宅も焼夷弾の直撃を受けたはずだ。戦争が終わり私も東京へ戻り、他学区へ転校した。それ以来、先生には会っていない。

山寺の夜のことは最近まですっかり忘れていた。というより、この「秘密めいた思い出」は、海面下の氷山のように、潜在意識となって深く心の底に沈殿していた。そうして、七十年余り決して海面に出て来ることはなかった。

人間の意識を支えているメカニズムは、死という過程に入った時から崩れ始める。崩れていく段階で過去の印象的な出来事が脳裏にひらめくという。一年前から前立腺がんを患っている私にも、もうそろそろそういう時期が来ているのかも知れない。

アメリカに、間もなくS先生と同じ年頃になる孫娘がいる。幸い心身とも健全で、進学の軌道にも乗っている。私に、もう思い残すことは何もない。

今度のひらめきは、そろそろ長い旅の終着点が見えてきた私に対する、神のはなむけではないかと思っている。少年時代のメルヘンから始まった私の人生。戦争の不幸はあったが、最愛の孫娘も順調に成長し、まあまあの出来ではなかったのか……という。

「三角池」の青春

毎年サクラの時節になると「三角池」の青春時代を思い出す。関東平野を見渡す筑波山の南面中腹に、電々公社無線中継所の独身寮があった。直線距離一キロほど下方に周囲約三〇〇メートルの三角形の池が、陽光に光って見えた。われわれは勝手にその形から「三角池」と呼んでいた。池は関東平野にぽっかり浮かんだ島のようだ。池畔のところどころには、大きなサクラの樹が植わっている。

春の宵、先輩社員の一人が言い出しっぺになり、非番の社員七、八人で池へ花見に行った。花見といってもみな薄給の身、酒は全員で金を出し合って買った一升瓶の焼酎一本だけ。肴（さかな）などはなにもない。

夜桜の下で宴会が始まったが、若者七、八人で焼酎一升、足りるわけがない。春とはいえど片田舎、夜は寒い。一升瓶が空になってしまうとリーダーが叫んだ。

「みんなで池の周りを走ろう！」

全員が一丸となって走る。どういうわけか、中には雨でもないのに長靴を履いた先輩もいる。スポーツシューズなどなかった時代の話で、今では想像もつかない。

みな懸命に走ったので酔いが回った。今ならそこで二次会というところだが、三角池の周囲は町はずれで漆黒の闇。あたりに飲み屋などない。例えあったとしても、飲む金などだれも持ち合わせてはいない。あとは独身寮に帰って寝るだけ。落語の『長屋の花見』を地でいく話だったが、入社二年目の私にはそれでも結構楽しかった。

三角池の近くに、無線中継所に出入りしている地元猟師のUさんが住んでいた。彼はなかなかの腕前で、時々自慢の鉄砲で仕留めたイノシシ肉をご馳走してくれた。イノシシは、さっぱりしていてなかなか美味しい。後になってそのことを母親に話したら、

「謙ちゃん、自分自身の肉を食べてはダメよ！」

と注意された。私は亥年なのだ。

あるときUさんが

「久しぶりにシカが獲れたから」

と、山頂の無線中継所で料理してくれた。だがその肉、どうも獣臭い。そのことを彼に言うと、

「実はタヌキの肉だよ」

とニヤリ。

思わずげーっ。昔からタヌキ汁のことは聞いたことがあるが、実際に肉を食べた人の話など、聞いたことがない。

独身寮の敷地内に、社員厚生施設のテニスコートが一面あった。テレビも車もなかった時代、非番の日はやることがないので先輩からそこでせっせとテニスを教わった。そんな山の中の生活で唯一の愉しみは、寮母さんが作ってくれる月一度のカレーライス。この日ばかりは、三角池の見える食堂に早々と行って、いつもの二倍は食べた。

あれから六十余年。日本は世界一の飽食国家になった。毎年六三〇トンもの残飯を棄てているという。とても信じられない。

ところ変わって、西アフリカのガーナである。地方の国道脇で、みすぼらしい姿の子供が、通り過ぎる車相手に何やら動物をかざして叫んでいる。近づいてみると、イタチ

ほどある大きな野ネズミだ。

運転手に、

「貴重な蛋白源で、とても美味しいよ！」

と勧められたが、何にでも関心を持つ私もさすがに手が出なかった。しかしよく考えてみると、タヌキも野ネズミも山野に住む野生動物という点では何ら変わりはない。違うのは両国の食文化である。いまその食文化が新型コロナウイルス騒ぎで問題になっている。

アフリカに限らず、アジアや中東の途上国へ行くたびに、同じように貧しかった三角池時代の日常を思い出す。

筑波山―出会いと別れ―

青春時代、電電公社の筑波山無線中継所に一年近く勤務した。女体山山頂近くにある無線中継所へは、麓にある独身寮からジープとケーブルカーを乗り継いで通ったものだ。晴れた日に屋上から見える青い霞ヶ浦に浮かぶ白い帆引き網舟は、絵のように美しかった。

寮の窓からは、遥か東京まで関東平野が一望できる。寮から二十分ほど下ったところに、今は廃線になった常総筑波鉄道筑波駅があった。

筑波駅へは、寂しい林間の小道が通じている。その小道から少し外れた山寄りの斜面に、ぽつんと一軒の貧しい農家が建っていた。

ある日、筑波駅から寮へ戻る途中、小道で下校中の女子高生に会った。鄙（ひな）にはまれな都会的な雰囲気を持っている子だ。どちらからともなく口をきくようになった。

歩きながら聞けば、その林間の農家の娘とのこと。その後何回か道で出会っているうちだんだん親しくなり、家にお茶に呼ばれるようにもなった。両親と弟の四人家族で、戦争中に東京から疎開してきて、そのまま住みついてしまった、と父親が話してくれた。両親も私に好感を持ってくれたようだ。

時々女の子と会い、宿題の相談にのるようにもなった。そんな関係が一年近く続いた。やがて私は電電公社の現場幹部教育機関である、三重県の電気通信学園へ入学することになり、一家に別れを告げる時がきた。

三重県へ行ってからも、彼女からは乙女らしい感傷的な手紙を何度かもらった。私の方はといえば、新しい学園生活にのめり込んでいき、いつしか彼女との文通も途絶えてしまった。私が二十歳、女の子が高校二年生の時のことだ。初恋と呼ぶにはあまりにもはかない、出会いと別れだった。

六十年後の秋。古くからの友人に誘われ、筑波山へハイキングに行った。友人の、地元出身の元部下が私の話を聞き、思い出多い場所をあちこち案内してくれた。

登山口の筑波神社では、彼の奥さんの演ずる県指定の無形文化財『ガマの油売り口上』

の実演に思わず身を乗り出した。この日のために特別に準備してくれたらしい。彼女の見事な太刀さばきにただ感心するばかりだった。

四輪駆動車でやっと登ったでこぼこ道は立派に舗装され、豪華な観光バスが走っている。独身寮跡地には瀟洒（しょうしゃ）なリゾート施設が建ち、林間の農家は跡形もない。まさに浦島太郎の心境である。地元の人々の温情による六十年前へのタイムトリップ。紅葉した樹々の間から冬の扉が垣間見える、穏やかな晩秋の筑波路であった。

野天風呂のビーナス

南アルプスの山々を登るといつも目の前に見える八ヶ岳連峰。一度は登ってみたいと思っていたが、北・南・中央アルプスへ登るのが忙しくなかなかチャンスがなかった。久しぶりに海外出張予定のないある年の秋、一人のんびり野天風呂にでも浸かりながら、気楽な縦走をしようと思い立った。アルプスの山々にくらべると、八ヶ岳は比較的登りやすい。

小海線小海駅からタクシーと徒歩で約三時間、日本最高所二一五〇メートルの本沢温泉へ向かう。林道近くの森で野生の子鹿に出遭った。つぶらな瞳でじっとこちらを見ている。怖れている様子はない。なにか良い山旅になりそうな予感がする。

本沢温泉山荘へ荷物を置き、野天風呂へ向かう。一・五×二メートルほどの大きさの木の浴槽が、紅葉真っ盛りの渓流脇に作られている。あたりには硫黄の香りがほのかに

漂っていた。

平日のせいか浴槽の中には私の他だれもいない。浴槽から見えるのは、八ヶ岳連峰の一つ、硫黄岳の岩肌と紅葉した森だけだ。一人静かに大自然の中で非日常的開放感を味わう。

雄大な景色を楽しんでいると、一人の若い女性がやってきた。硫黄岳からの下山途中に立ち寄ったらしい。さすがに男の先客が一人いるので、入浴することをためらっていた。

浴槽の近くに脱衣所など、身を隠す場所はどこにもない。しかし目の前にあるのは、紅葉真っただ中の日本最高所野天風呂。天気も良い。いま入らなければ二度とチャンスはないであろう。そんな誘惑に勝てるわけがない、と勝手に想像した。

そのうち意を決し、目の前で生まれたままの姿になり、おずおずと狭い浴槽に入って来るではないか。目のやり場に困った。でも考えてみれば、これも神の配慮かも知れない。大自然を舞台にしたビーナスの裸像。列車、車による温泉旅行や近場のハイキングなどではまずお目にかかれない光景である。重い荷物を背負い、何時間も歩いた努力に対する神のご褒美だ。人生悪い事ばかりではない。生涯の忘れ得ぬ思い出になった。

翌日は暗いうちに起き、ヘッドライトを点けて硫黄岳に登った。幸い天候に恵まれ、横岳、赤岳を縦走して秋の八ヶ岳を満喫することができた。

後日、テレビの秘湯探訪ルポで本沢温泉が紹介されているのを観た。Gパンを穿いた有名女性タレントが足湯を使っていた。

わが家の火事

一九七一年、インドネシアのカリマンタンへ電気通信インフラ調査で出張した。予定通り調査を終了し、顧主の電気通信公社の本社バンドンで調査報告書をまとめていた時のことだ。東京本社から国際電話が入った。

当時、国際電話の料金は高く、よほどのことがなければ、テレックスで済ませていた。電話をかけてきたのは同期入社の親友A君で、なにか嫌な予感がした。

「謙ちゃん、驚くなよ。実は自宅が火事で全焼してしまった。会社の担当者から、あんたと親しい私から電話して欲しいと頼まれて……」

一瞬、頭の中が真っ白になった。A君が冷静に火事の状況を説明してくれる。幸い、妻や幼い二人の子供たちは無事で、東京の妻の実家へ避難しているという。家族の無事がわかれば後のことはどうでもよかった。

部下のS君と二人、大急ぎで完成間際の報告書を仕上げる。予定していたシンガポールでの休暇をキャンセルした。それまでの四ヵ月間、まったく休んでいなかったので、帰途に静養で立ち寄ろうと楽しみにしていた旅だ。私と一心同体になって頑張ってくれたS君には、気の毒なことをした。

埼玉県狭山のわが家の焼け跡に立ち、ぼう然とした。ほとんど全焼だ。他のものはともかく、大切にしていた本がすべて焼けてしまったのは、体の一部を失ったような気がした。比較的庭が広かったので、近隣に類が及ばなかったのは不幸中の幸いだった。

このことがあってしばらくして、横浜郊外へ土地を買い移転した。運よく火災保険に入っていたので、なんとか建築資金は調達できた。

今度は軽量鉄骨の不燃構造にした。M大学建築科助教授の義兄が、新素材を使い設計してくれたのである。

形ある物の儚（はかな）さを痛感した。それ以来あまり物に執着しなくなった。

三十年近く住んだ横浜郊外の家だが、老朽化してきたのと、老後の住環境を考え現在の駅隣接のタワーマンションへ移転した。初めて住む集合住宅。なにしろ狭い。狭山の火事を教訓にして、現在も妻があきれるほど身の回りの断捨離を進めている。断捨離にも体力が要る。ここ一、二年が勝負である。

わが家で野宿

毎年初夏になると思い出す、とても惨めな昔話がある。その頃三十代だった私は、通信インフラ調査でイランへ一ヵ月ほど出張した。仕事の現場はアフガニスタン国境に近く、首都テヘランから一〇〇〇キロ余り離れている。途中、月の表面のようなイラン高原の砂漠地帯を、ランドローバーで通過しなければならない。

道中での食料入手が困難なので、生きたニワトリを何羽か車に詰め込んだ。そんな食料も尽きてベドウィン（遊牧民）のテントへ駆け込み、一夜の情けにすがったこともあった。

命の危険さえ感じた砂漠地帯の調査もなんとか無事に終わり、いよいよ帰国ということになった。帰心矢の如し。しかし当時、インターネットはまだなく、国際電話も気軽には利用できる環境にはない。東京の勤務先や自宅へ連絡する暇もなく、テヘラン空港で飛行機に飛び乗った。とにかく一刻も早く帰りたかった。

その時期、横浜郊外の自宅は新築中で、ちょうど私が帰国するまでに完成する予定になっていた。建築科助教授の義兄が設計し、建築誌にも紹介された、当時珍しいセントラルヒーティング完備の家である。

新築の家でシャワーを浴び、防腐剤の入ったイラン製ではない、懐かしい日本のビールが飲みたかった。夜遅く降り立った羽田空港から、タクシーを飛ばしわが家に着いてあ然とした。

門のカギは締まり、家の中は真っ暗。もしやと思い、近くの公衆電話から東京深川の妻の実家へ電話してわかった。私の帰国はまだ先だと思った妻は、子供を連れて実家へ帰っていたのだ。

真夜中のこととて、東京から横浜まで女子供をタクシーに乗せるわけにはいかない。なんとか戸をこじあけようとしたが、新設計の家は蟻の入る隙間もない。

覚悟を決め、庭に野宿することにした。幸い、季節は初夏。庭も五十坪近い広さがある。雑草をむしればなんとか寝場所は確保できそうだ。

熱いシャワーも冷たいビールも諦めた。むしった雑草の上に横になり、機内で買ってきたジョニ黒をちびちび舐めた。目の前に完成したばかりのわが家があるというのに、入ることができない。惨めなことこの上なかった。

見上げれば満点の星空。一週間前のヤズド砂漠で、ベドウィンの野営地から見上げた夜空のようだ。あの時ご馳走になった、シカのあぶり肉の味を思い出しながら、情けない一夜を過ごした。だれも恨むことはできない。自分が悪いのだ。

翌朝一番電車で、妻と子供たちが東京から駆けつけてきた。その後も度々海外へ出かけたが、このことがあってから、日本帰国前にはどんなことがあっても必ず家に連絡するようにしている。

そのころの横浜郊外には、自然がまだかなり残っていた。森林を開発した住宅地に建てたわが家には、どこからともなく山鳩の鳴き声が聞こえてきたり、庭に青大将が現れたりしたものだ。

キャバクラ今昔

駅前で宣伝のポケットティッシュを手渡された。何気なく広告ラベルを見たら『ご当地にキャバクラ上陸!』とある。略図を見るとわが家の近くだ。山下公園の隣へ、博打場を誘致しようともくろむ市長をいただく横浜のこと。新興商住地にキャバクラができようと、別に驚くにはあたらない。

横浜郊外のこの街も近年人口が増え、この種のビジネスが射程距離に入ってきたようだ。キャバクラとは、キャバレーとクラブを合わせた言葉だろう。もう死語だと思っていたキャバレーという言葉に久しぶりに出合い、懐かしかった。

キャバレーについてはあまり人に言えない、若いころのほろ苦い思い出がある。もう四十年余り前のこと。インド南部国鉄の若き技師長S氏が日本へやってきた。彼には、前年に私が南インドのマドラス州へ出張した時に、公私ともにさんざんお世話になった。

お互いに同い年ということもあって、直ぐに肝胆相照らす仲になった。度々マドラス市郊外の豪邸へ招待され、元有名映画女優の奥さんの手料理をご馳走になった。そんなS氏の来日とあって、「今度はオレの番だ」とばかり東京をあちこち引っ張り回した。そのひとつに新宿歌舞伎町のキャバレーがあったのだ。

ハンサムで、謹厳実直な紳士の代名詞のようなS氏。英ケンブリッジ大学出のエリートだ。インドでは酒など一滴も飲まず、肉類もいっさい口にしない敬けんなヒンズー教徒でもある。

そんなS氏だが、私の勧めで日本酒を少し飲み、和服姿のホステスと嬉しそうにチークダンスを踊った。日本へ来て日頃のストレスから開放されたのであろう。

「大事なお客さんだから……」

と耳打ちしたので、ホステスたちもたいそう力を入れて遠来の客をもてなしてくれた。インドで私を歓待してくれた奥さんには悪いことをしたと思ったが、当のS氏は大喜びで、あとあとまでその夜のことを話していた。宗教は違っても、男の楽しみは世界中どこも共通のようだ。

そんなことがあった数ヵ月後。私は、労働組合の執行委員長に祭り上げられていた。年末一時金要求をめぐって会社側との連日の団体交渉が続いていたある夜、社長秘書が、

「委員長、お電話です」

と取り継いできた。

こんな夜に一体だれが？　と思った。団交を中断して出てみると、

「波多野さん、しばらくお見えにならないのね。今晩あたりいかが？」

と若い女性の声。名前を聞いて、あの時のホステスとわかった。

いやあ、時が時だけに驚いたのなんの。あとで電話するからとかなんとか言ってその場は取り繕った。別に疚しいことはないが、漏れれば、「委員長のスキャンダル？」と労使に誤解される恐れがある。幸い秘書室の中。口の堅い秘書以外に周囲に人はいない。生涯あれほど狼狽えたことはない。それ以来、キャバレーには行っていない。

今回、地元のキャバクラ開店のニュースを知り、海外出張、組合運動、遊びと、人生真っ盛りのころを懐かしく思い出した。

ご近所のキャバクラなら昔と違い、帰りの足の心配はない。いざという時は病院も目

の前だ。冥途の土産に一度のぞいてみるか？ でも、別の声が冷たく突き放す。「いい歳して妙な色気など出さず、家で静かにワインでも飲んでいろっていうの」と。

テクニカル・ライティング

一九六三年、十年近く勤めたN社を辞め、設立したばかりの海外電気通信コンサル会社へ入社した。海外へ行きたくて入社したのだが、海外コンサルの仕事などなかなかまわってこない。

糊口をしのぐため、大手通信機メーカーが在日米軍から受注した、通信施設保守用英文マニュアル作りに派遣された。そこで出会ったのが、アメリカ人テクニカル・ライター、カール・アンボール氏である。マニュアル制作班は、カール、若い女性タイピスト三人、それに私の計五人だ。

工場内各部門の担当技術者が、米軍へ納入する通信機器の取り説原稿を日本語で書き、私のところへ送ってくる。それを片っ端から米軍の仕様に従い英訳し、カールに渡すのが私の仕事だ。

英文になった原稿を、カールが基地の兵隊にも理解できるような平易な文章に直し、タイピストに手渡す。待ち構えていた三人のタイピストが、猛烈なスピードできれいな英文にして打ち出す。

まだ英文ワープロが登場する以前のこと、タイピストの仕事はたいへんだった。一字でもタイプミスがあると、カールはためらうこともなく赤を入れる。さしずめ日本人なら修正液を使うところだ。

タイピストたちが、なんとかしてくれと泣いて私に訴えた。でもカールは無慈悲でも、彼女たちをいじめているわけでもない。アメリカにいる時と同じやり方で仕事をしているだけだ。日米のタイピング文化の差というべきか。このことが後に、自分の会社へ日本で二番目に早く、英文ワープロを導入することにつながった。

最終英文原稿が出来上がった段階で、府中の在日米軍司令部のチェックがある。カールと二人で出席した司令部で、提出された各部門マニュアルの中で、われわれのものが一番出来がよいと褒められた。どうやら技術者である私自身が直接英訳することで、専門分野に直結していたのがよかったらしい。普通は私の前に更に一人、技術屋ではない翻訳者が入るので、誤訳が入り込む余地があるのだ。私は立ち上がって深々とお礼をした。カールも私にならい、日本式に頭を下げた。

マニュアル作りは一年続いた。この仕事をとおして私は、アメリカには、それまで知らなかったテクニカル・ライティングという職種があることを知った。彼らは決して難しい単語や表現は使わない。米軍用マニュアルでいえば、日本の中卒程度の兵隊が理解できる文章を目指している。

私が「確認する」という動詞に「Verify」という単語を使ったら、カールから「See」に直されたことをいまだに覚えている。

カールは私の兄貴分にあたる写真好きの陽気なアメリカ人で、せっせと日本の仏像や大黒像を撮っていた。私も記念に額入り大黒写真を一点もらった。残念ながら、前述した自宅火災で焼けてしまい今はない。

「ピラニア教室」

海外の仕事が多く、英語には人一倍苦労した。会話は多少ブロークンでもなんとか通じるが、文章は後々まで残るのでそうはいかない。お粗末な英文を正式文書として相手国へ提出しては、日本人として恥ずかしい。

先日も、日本国首相がアメリカ大統領へ送った新型コロナ入院見舞い文の動詞を、現在形と過去形を取り違え物議をかもした。外務省専門家の手を通していてもこの有り様である。

政府開発援助（ＯＤＡ）の業務などでは通常、現地調査終了後に調査団は日本へ帰国し、まず日本語で報告書を作成する。そのあと翻訳者に英訳してもらい、団長が最終編集をし、相手国政府へ提出するという手順を踏む。

しかしそれでは、どうしてもタイムリーな文書を提出できない。そこで私は、現地で英文文書を作成し、そのまま相手国へ提出することを提案した。

この方法を実施するには、まずプロジェクト担当者の英文作成能力を高めなければならない。その一環として、会社は終業後に週三回、英文作成教室を開いた。

講師は英文毎日新聞の元記者、K氏だ。K氏には現役時代の自慢話が一つある。彼の書いた記事がかのニューヨーク・タイムズに、ネイティブ記者による一語の変更もなく、そのまま載ったというのだ。

K氏の講義は文法を超越していた。教室開設当初から、

「私には難しい文法はわからないので……」

と断わり、いっさい文法的説明はしない。事前に講師がさまざまな分野からのトピックスを和文英訳課題として与え、当日それを全員で容赦なく徹底的に批判し合う。その有様がアマゾン川の肉食魚が獲物に食らいつく光景に似ているので、われわれは「ピラニア教室」と名付けた。

全社から集まった受講生は五人ほどだが、中には大学英文科を卒業した社員もいて相当レベルが高い。この種の英語教室は、初めは超満員でも、三ヵ月もすれば半数以下に

減ってしまうのが通例だ。しかしピラニア教室の受講生の顔ぶれに変わりはなく、三年余り続いた。受講生は全員、趣味で英作文を勉強しているわけではない。毎日国内外の現場で、必要に迫られているので、力の入れ方が違う。それまで私的なものも含めて各種の英語教室へ通ったが、ピラニア教室ほど実戦に役立った英語教育はなかった。

私も現地での英文報告書作成、提出に自信がついた。どうしても実力に余るところだけ、東京のK氏に問い合わせる。

教室終了後、タイ全国通信インフラ調査の責任者として、六ヵ月ほどバンコクで仕事をした。日本政府の国際協力機構（ＪＩＣＡ）は私の意見を認め、調査結果は現地で正式報告書として、直接タイ政府へ提出することになった。さすがにこの時は慎重を期して、K氏を現地に呼び英訳してもらった。報告書作成状況を視察に来た政府調査団から、英文についてのコメントはいっさいなかった。K氏の、ニューヨーク・タイムズ無修正掲載の実績が物をいったのである。

まもなくK氏は亡くなったが、ピラニア教室伝説は今にいたるまで、ずっと生き続けている。

食文化とパンツの色

中国が発生源とみられる新型コロナウイルスが、世界中で猛威を振るっている。このウイルス、元々の宿主はコウモリだという。

アメリカの研究では、コウモリと人間の間の媒介物としてヘビの可能性があるらしい。また日本では、ブタがコウモリから人への中間宿主ではないかと推定している。

もし日本のブタ説が正しければ、私の愛するアジアの人口大国、インドネシアとインドのコロナ感染率・死亡率の違いに納得する。ブタ肉を食べない回教国インドネシアではコロナ感染者数が少なく、食べるインドでは多い。

野生動物を食べる国は、なにも中国に限ったことではない。私が知っているだけでもインドネシアでは、ネズミ、ヘビ、カエルを、タイではヘビ、ワニを、ガーナでは野ネズミを食べていた。私自身も好奇心に駆られ、これらの国でヘビ、ワニ、カエルなどを試したことがある。日本でもＮＴＴ筑波山無線局に勤務していた頃にはシカ、イノシシ、タヌキの肉を食べた。

中国が他の国と違うのは、生鳥動物市場の存在だ。これが動物を宿主とするウイルスが、種を超えてヒトに感染する温床になっているらしい。しかし、わかってはいても一国の食文化を変えることは容易ではない。

食文化とは、世界各地域において歴史的に伝承されてきた食の生産、調理、加工、作法全般のことである。さまざまな要素を内蔵する食文化を変える難しさは、日本の鯨食の例一つ見てもよくわかる。

そうはいっても今回のパンデミックは、二〇二一年四月末現在、世界の感染者数一億五〇〇〇万人、死亡者数三二〇万人に迫ろうとしている。これを止めるためには、「三密」を避けるなど対処療法だけでは不十分だ。この際世界各地域の食文化にまで立ち入って考え直す必要がある。

更に新型コロナウイルスは食文化のみならず、消費社会、格差社会、拝金主義、グローバリズム、商業五輪など、現代社会の宿痾(しゅくあ)を浮かび上がらせた。コロナについて、在イタリアの日本人女性漫画家が面白いことをいっている。今回のパンデミックはコロナが、「お前はどんな色のパンツをはいているのか、脱いで見せろ！」

とそれぞれの国に迫っているのだという。

世界一の大国だと思っていたらパンツに穴が空いていた国、新しいパンツを買う金のない国、はじめからパンツなどはいていなかった国。各国の国民性、指導者の資質が生々しく露呈した。

世界各国のコロナ対策のなかで、おやと思うものを見つけた。韓国が軍事費の一部を新型コロナ対策予算に回すという。北朝鮮との軍事衝突が懸念される最中でのこの決定。破れたパンツをはきながら、トランプの言いなりに軍拡を進める愚に気づいたのであれば大歓迎。日本も韓国の良いところは素直に学んだらどうだろう。

『めがねっこマノリート』と孫娘

〝めがねっこマノリート〟は、同名のスペインのベストセラー小説に登場する、腕白少年のニックネームである。少年は幼い時から大きなめがねをかけているので、みんなから本名ではなく、めがねっこマノリートと呼ばれている。

この少年の物語が三十年前、NHKラジオのスペイン語講座でテキストになった。当時五十代だった私は、若い頃勉強したスペイン語のサビ落しにこの講座を聴き、内容の面白さに思わず惹（ひ）きこまれてしまった。たかが八、九歳の少年主人公の物語に、である。スペイン文学に造詣の深い、上智大学清水憲男（しみずのりお）名誉教授の人間味豊かな語り口にも魅せられた。

マノリートの家族は、長距離トラック運転手のパパ、少しおっちょこちょいなママ、幼い弟、そして大好きなオジイチャンの五人。一家はマドリードの下町のアパートに住んでいる。

オジイチャンは前立腺を患っていて、八十歳になる前に死にたいというのが口癖だ。日頃から自分の誕生日を祝うのを嫌がっている。そんなオジイチャンを、マノリートが懸命に説得する。

「僕らがみんな準備するよ。お友だちを呼べばいいじゃん……」

しかしオジイチャンは、

「そんなことをしたらここは老人ホームになってしまう。年寄りは誕生日を祝ったりしないものだよ。みんなでオジイチャンにローソクを八十本も消させたいのかね?」

と、あくまでも反対だ。そこでマノリートは一計を案じる。誕生日当日、ママと二人でこっそり事前準備した部屋へオジイチャンを連れ出す。そこでは、オジイチャンの友だちやマノリートの遊び仲間たちが待っていた。

マノリートからオジイチャンへの誕生日プレゼントは、みんなのようにありきたりの老人用マフラーなどではない。なんとドラキュラの歯だった。

いつもの入れ歯を外して、ドラキュラの歯をはめたオジイチャン。その顔はほの暗いローソクの光に照らされてなんとも恐ろしく、小さい弟などは泣き出してしまった。サプライズ誕生会は大成功だ。

みんなが歌う『ハッピーバースデートゥユー』を聴きながら、ドラキュラ姿のオジイチャンは、思わず二粒、三粒涙をこぼした。オジイチャンがみんなに挨拶する。

「わしは八十歳で死ぬつもりだと、ずっと言い続けてきた。でも、まあもう二、三年生きてみようと考え直したよ」

この講座で前立腺のことをスペイン語で、「プロスタタ」ということを知った。晩年になり自分自身が同じ病気にかかるとは、その時は知る由もない。

ラジオ講座は二年で終わったが、マノリートとオジイチャンを結ぶ強い絆が、いつまでも心に残った。

いま私にはマノリートと同じ年頃の孫娘がいる。彼女は現在ニューヨークの現地校に通っているが、毎年夏になると日本の小学校への体験入学のために帰って来る。

毎年戻ってくるので、同じタワーマンションに住む同級生の女の子と仲良しになり、

著者と孫娘

放課後はこの子が度々遊びにやって来る。最近では私にもすっかり懐いてしまい、共働きの母親が呼びに来るまで家に戻らない。

この女の子が、孫娘に勝るとも劣らないお転婆だ。二人一緒になって、私のベッドの上で飛んだり跳ねたりで、部屋はまるで体育館のよう。とても老妻の手には負えず、男の私の出番となる。

二人と一緒に遊んでいると、いや遊ばれていると、昔読んだ『めがねっこマノリート』のマノリートとオジイチャンのことを思い出す。八十歳以上は生きたくない、と言っていたオジイチャン。でも、孫が企画したサプライズ誕生会に涙し、もう二、三年生きようと考え直す。

同じ八十代で前立腺がんを患う私には、今にしてオジイチャンの気持ちがよくわかる。『めがねっこマノリート』は単なる子供向けの物語ではない。大人のメルヘンでもある。

新型コロナパンデミックのため、残念ながら今夏の孫娘の日本帰国は中止になった。

昨年夏、アメリカへ戻る孫娘を空港へ見送りに行った。別れ際に、

「オジーチャン、死んじゃダメ！」

と言って私に抱きついてきたことを思い出す。私の前立腺がんのことは孫娘には話していない。だが日頃から勘のよい彼女のことだ。何か感じるものがあったのかも知れない。マノリートのオジイチャンのように、私ももう二、三年、パンデミックが収束するまで頑張ってみることにしよう。

メモリー

名作ミュージカルをもとにした、話題の映画『キャッツ』を観た。ミュージカルそのものにはあまり関心がなかったが、映画の中で老娼婦猫が歌う『メモリー』は以前から好きな曲の一つだった。

海外出張の際、夜に息抜きでバーへ飲みに行った時など、流しによくこの曲をリクエストしたものだ。有名な曲なので、東南アジアや中南米など、世界中どこへ行っても流しのレパートリーに入っている。

『キャッツ』は前評判の高かった映画だが、前半はだらだらと歌ばかりが続いてセリフがなく、途中で眠くなった。よほど退場しようと思ったが、お目当ての『メモリー』を聴くまではと思いじっと我慢した。

映画が後半に入り、老娼婦猫がロンドン下町のゴミ捨て場を背景に切々と『メモリー』

を歌い始めると、そんな気分は一変した。

メモリー
ひとりぼっち 月影のもと
去りにし日々に微笑むの
美しかった　あのころの私
私は忘れない
幸せとは何かを　知った時のことを
眩（まぶ）しき日々よ いま一度

落ちぶれた老猫を演じる黒人歌手ジェニファー・ハドソンの、ソウルフルな圧倒的歌唱力。そして何よりもアンドルー・ロイド=ウェバー作曲の優しく美しいメロディーが心に沁みる。

人が抱えている心の闇。闇を白日にさらし、その中からはい出た先に光がある。そんなストーリーが一曲に詰め込まれている。バラード調のスローテンポで歌い始まる秘めたる思いが次第に高揚し、最後は明日への希望へ向けて一挙に爆発するのだ。

ハドソンの熱唱に、苦楽ともにあった海外での来し方半世紀が重なり、いい歳をして不覚にも涙を抑えられなかった。このミュージカルには多くの名曲が登場するが、やはり目玉は『メモリー』である。映画はこの一曲で持っているようなものだ。

ウェバー作曲で、『メモリー』の他に私の好きな歌がある。映画『エビータ』の中でアルゼンチン大統領夫人エビータに扮したマドンナが歌う、『アルゼンチンよ、泣かないで』だ。

切なくもドラマティックなメロディーが心をゆさぶる名曲で、南米コロンビア在住中に映画を観て感動した。ＣＤを買い込み、何度もスペイン語の歌詞を口ずさんだことを覚えている。

ウェバーはクラシック音楽の作曲家でもあり、『メモリー』の作曲技法にはドヴォルザークとの共通点があると専門家はいう。音楽素人の私には、作曲技法の分析、比較はよくわからないが、二人には類(たぐい)まれなメロディーメーカーという共通点があるように思う。

　片やドヴォルザークの交響曲第九番『新世界より』、弦楽四重奏曲第十二番『アメリカ』、チェロ協奏曲イ長調。片やウェバーの『メモリー』、『アルゼンチンよ、泣かないで』、『オペラ座の怪人』。これらの曲の哀愁に満ちた心鎮まるメロディーは、時として孤独な海外生活で落ち込んだ私を慰め励ましてくれた。

　世界各地のバーや公園にやってくる流しに、いつもリクエストした『メモリー』。さすがにメキシコシティーの酒場でマリアッチに注文した時には、「なんで俺たちに場違いな『メモリー』を?」と怪訝な顔をされた。それでも、さすがはプロ。なんとか即興で演奏してくれた。三十余年前の話である。

近寄らないで！

「近寄らないで！」

外出から戻り自宅タワーマンションのエレベーターに乗ろうとしたら、中にいた中年女性に叫ばれた。当日は三十五度近い暑さで、着けていたマスクが口からずれていたのに気がつかなかったのだ。

もちろんマスクを正しく着けていなかった私が悪いのだが、女性の剣幕の激しさに驚いた。たしかにエレベーター内には、

「必ずマスクをし、感染を防ぐため挨拶は止めましょう！」

と張り紙がしてある。

別の日に、国道沿いの幅六メートルほどの歩道を散歩していた時のことである。人影がまばらなのでマスクを着けずにいたところ、反対方向からやってきた年配の男に、

「マスクを着けろ！」

と怒鳴られた。

数日前、ロンドンからのテレビニュースを観た。コロナ禍で落ち込んだ売り上げを、値下げでカバーしようというレストランに、多くの客が集まっている。どのテーブルもほとんど満席だが、だれもマスクをしていない。

二〇二〇年九月初旬現在のコロナ感染者数は、イギリスは三十四万人弱、日本は七万人弱で、一桁違う。それでもイギリス人はマスクをさほど重要視していない。あらためて日本人との意識の差を感じた。

一方、人口が日本の二倍あり、マスク着用が必ずしも徹底しているとは思われないのがインドネシアである。感染者数は十七万人強で、数百万人の欧米諸国よりはるかに少ない。これはどうしてか？　だれも不思議に思わない。インドネシア全国をくまなく歩いた私には、とても気になる事実である。

今の日本でマスク着用に疑問を持つ人はだれもいない。電車に乗ればすぐにわかる。私はマスク着用を否定しているわけではない。ただ、お上の決めたことを、頭から無批判に受け入れることに危うさを感じているのだ。

麻生副総理は、日本のコロナ感染者数が他国に比べ少ないのは、日本の民度が高いからだと胸を張った。

しかし現実には、エレベーター内の挨拶禁止や、たまたまマスクを忘れた人への叱責など、お上を忖度（そんたく）した自主警察まがいの行為が横行している。民度の高い国民は決してそういうことはしないはずだ。日本は民度が高いのではなく、横並びの同調圧力が強いだけなのではないか。

数日前の東京新聞に、マスクの脱着について若者二人の声が載っていた。二十一歳の大学生は言う。

「歯医者へ行ったら、空いているのにマスクをしていないのは僕だけだった。マスクをして自転車に乗っている人を見かけるが、ほとんど意味がないと思う。（中略）自分の判断でマスクの脱着をする人を、社会は尊重すべきである」

また別の十四歳の女子中学生も、

「マスクをしていない人を責めているかのような世間の目に驚き、とても悲しくなりました。(中略)優しい心を封じ込めず、思いやりを増大させていきませんか」

と訴えている。

二人ともしごく当然で、健全な考えを持っている。彼らに対して先の「近寄らないで！ オバサン」や「マスクをつけろ！ オジサン」の言動はなんとも情けない。「とりあえず政府のいうことを聞いておけば間違いはない」との事なかれ主義に陥っている。何のために歳を重ねているのだ！ 体より先に心が既にコロナに蝕まれているようだ。

韓国歴史ドラマ『大王世宗』

新型コロナウイルス禍による外出自粛の影響もあって、日ごろあまり観ないテレビに接する機会が多くなった。最近では韓国歴史ドラマ『大王世宗(テワンセジョン)』にすっかりハマってしまった。一話五十分の全八十六話で、週五回BSで放送されている。NHKの大河ドラマを毎日観ているような感じだ。

世宗はハングルを創った李氏朝鮮第四代目の、希代の名君といわれた王である。その頃日本は室町時代。朝鮮海域には倭寇(日本の海賊)が跋扈(ばっこ)し、両国は緊張状態にあった。

韓国歴史ドラマは、初めて観る。日本の時代劇に比べると登場人物の衣装が男女とも、赤、青、黄、紫と原色だ。場面が変わる度に違った服装で表れ、まるでファッションショーのよう。首都漢城府(現ソウル)の宮殿を舞台に演ずる女優たちは美女ばかりである。

ただ、歳をとってもみんな歯が真っ白なのが、ちょっと不自然だ。

話は大別して前期、中期、後期の三つの部分からなっている。初めの三分の一は、李朝創成期の王位継承をめぐる、君臣や一族入り乱れての足の引っ張り合いがほとんどだ。妬み、嫉み、権力欲、虚栄心……。人間の業ともいうべき話が延々と続き、次々に人が殺される。話が複雑で、登場人物相関図を作り、参照しながら観ないとついていけない。人物名が全部カタカナ表記なので覚えるのに一苦労する。

日本にも戦国時代から江戸時代初期にかけて、同様な権力闘争はあった。李朝の場合はその手の話が多すぎ、政敵の八つ裂きシーンなど目を覆うものがある。

ドラマ中期は倭寇との戦いが中心だ。当時の明国や李朝にとって倭寇は、われわれが考えている以上に大変な国難で、両国は何度も室町幕府に取り締まりを迫っている。倭寇側にいわせれば、もともとはモンゴル帝国・高麗軍の略奪（弘安の役）に対する報復と、次の襲来に備えての敵情視察との言い分がある。

対馬襲撃では折からの台風の接近もあり朝鮮側は勝ち切れず、両者の思惑が一致して和睦した。これをドラマでは日本が降伏し、対馬は朝鮮の領土（自治領）になったとしている。

和睦交渉の結果、対馬守護宗貞盛(そうさだもり)は朝鮮から官職をもらう。貞盛はそれで交渉がまとまるならもらっておこう、と気軽に考えた。これが日本側の歴史である。しかし臣下のものは王のものと考える中華思想の国ではそれは通じない。日本は朝鮮の冊封国と理解した。このことが、今でも対馬は韓国領土だと主張する理由のひとつになっている。

朱子学を信奉する李朝では世界のナンバーワンは中国（明国）、ナンバーツーが李朝、そして日本は李朝の「属国」だった。ドラマの中でも李朝高官が宗貞盛を呼びつけ、「属国のくせに生意気なことを言うな！」と怒鳴りつけ、世宗にたしなめられるシーンがある。

日本には居丈高な李朝も、宗主国である明には従順で、たいへんな無理難題を強いられていた。このドラマでは明から兵士十万人、軍馬一万頭の供出を迫られている。何とか要求を軽減してもらうためには、美女の誉れ高い政府高官の息女を貢女として差出すしかない。

史実によると李氏朝鮮では毎年、数千人規模の美女を明へ差し出していた。このため朝鮮には美女が一人も残らなかったことが、朝鮮人の容貌を長年にわたり劣化させたともいわれている。

いま日韓の間では従軍慰安婦問題が大きな問題となっているが、李朝から明への貢女はその比ではなかったようである。

歴史的な経緯から、朝鮮にとって宗主国中国の要求は呑めても、「属国」日本の主張は容易には受け入れられないのだ。

数年前、北朝鮮が突如、開城にある共同連絡事務所を爆破した。この事件も含め、なぜか北朝鮮は韓国に対して常に高圧的だ。

北朝鮮はもともと北方系の満州人が建国した国、高麗（古代名は高句麗）の版図にある。現在ではかなり満州人と韓人との混血は進んでいるが、北朝鮮はいまだに「（満州系の）俺たちの方が上なのだ」と思っている節がある。

それにしてもかつての「同胞」を、「人間の屑」「ウジ虫」とまで罵る北朝鮮の指導者は、一体どういう神経をしているのであろうか？

ドラマの最終三分の一は、世宗を「王の中の王」と言わしめた、ハングル文字創製に関わるエピソードが中心である。

漢字の読み書きができないために、不当な扱いを受ける庶民。あるきっかけで、冤罪になる一人の男を救った世宗は、だれにでも読み書きのできる朝鮮独自の文字（ハングル）の創製を決意する。

文字創製は想像以上の困難に直面する。まず宗主国明国が、朝鮮が自らの文字を持つなど中国文化に対する反逆だとして、戦争も辞さない猛反対をする。李朝の官僚たちも既得権を侵されるので大部分が反対だ。

世宗の頭には日本の仮名のこともあったようだ。ただ仮名は漢字の補助的な役割を果たしているのに対し、ハングルは朝鮮語の発声構造を分析し、全ての言葉を二十八の表音文字で表わしている。

そのため世宗は死体解剖までやり、文字創製に反対する家臣に殺されそうになっている。文字創製という文化事業が、命をかけた権力闘争であることを初めて知った。

庶民には使い勝手がよいハングルも、支配層の反対が強く長い間使われなかった。日本の朝鮮併合が普及するきっかけになったのは歴史の皮肉である。

テレビドラマの中には当然フィクションも含まれている。世宗が美化され過ぎていることも気にならないわけではない。しかし、そういった点を頭に入れながら観れば、このドラマは韓人・満州人の世界観や歴史観が日本人とどう違うのか、またそれは何故なのかを知るうえでたいへん参考になる。

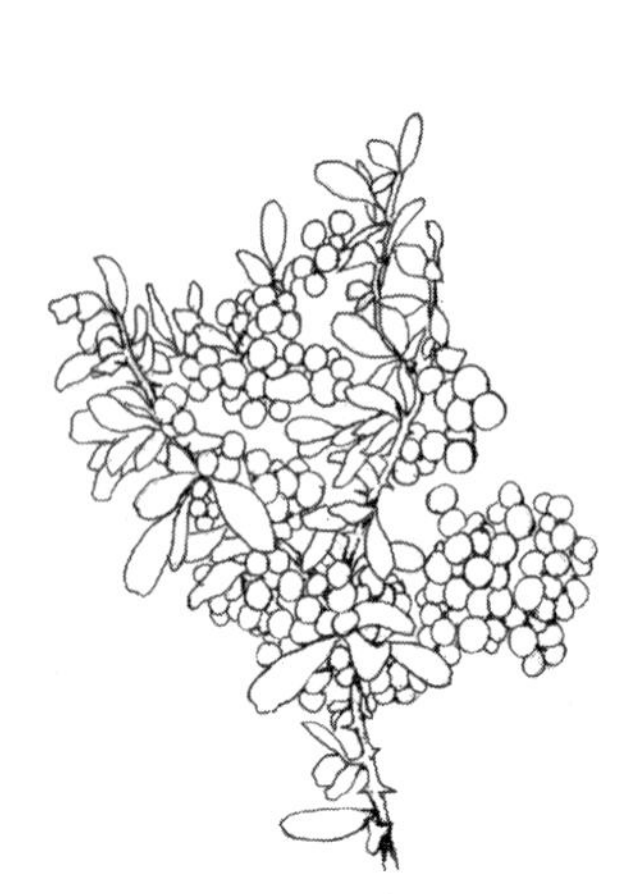

亡国のスマホ

かつて評論家西部邁(にしべすすむ)氏は言った。

「スマホとやらを手にして歩いている人それぞれの表情から、活力というものが失せつつあるようにみえる。とくに巷を徘徊したり散策したりしている高齢者の表情に浮かんでいる絶望の雰囲気は、正視するに堪えない」(『保守の真髄』講談社現代新書)。

西部氏は、遺書ともいうべきこの本を出版してから数ヵ月後に自裁した。自身の健康に対する不安と、日本の将来への絶望などが主たる原因だと理解している。

私は彼の思想信奉者ではない。むしろ反対の立場だが、このスマホに関する一節は、稀有(けう)な思想家西部氏の慧眼を垣間見た気がして、ずっと頭に残っていた。

私は三百五十世帯ほどのいわゆるタワーマンションに住んでいるが、エレベーターで乗り合わせるほとんどの住人がスマホを手にイヤフォンを耳にしている。身体全体で隣人同士の挨拶を拒否し、小さな四角い画面の世界に没入している。西部氏が言うようにその顔はみな空ろだ。

電車の中でサンプリングしてみた。老若男女を問わず、乗客の約七割がスマホを使っている。みなその顔には生気がない。人生航路終点近くにいる年寄りはともかく、若者に活力がないことが以前から気になっていた。

翻ってお隣の香港。国家安全法制定に絡む若者の抗議活動がまだ収まらない。来日して、運動への理解を訴える女子学生リーダーの顔がまぶしい。

スウェーデンの一少女が始めた「気候ストライキ」が世界の百六十ヵ国、四百万人の若者へ波及した。ベルリンのデモには二十七万人が、ニューヨークでは二十五万人の若者たちが参加したが、東京では桁違いの三千人。それでもそういう若者が日本にもいることを知り、少しは安心したのだが……。

このたび菅内閣は、携帯電話料金の値下げに向けた新計画を公表した。一見、利用者寄りの政策に見えるが、これには狙いが二つあると思っている。一つは明らかに景気対策だ。

ひところ日本の基幹産業だった鉄鋼、電機、船舶などが、みな韓国や中国などに持っていかれ、最後の砦（とりで）、自動車も生き残りに必死だ。比較的好調だった携帯市場も陰りをみせている。ここらで需要テコ入れのため値下げする必要がある。

もう一つは——これが政府の深慮遠謀などところだが——若者をスマホに縛りつけておけば、オタク文化にすっかり染まり、海外諸国の若者のように反政府活動などする気力がなくなるという企みだ。自分の頭で考えようとせず、無責任なネット情報に踊らされ、安易に〝嫌韓〟などと言って政府のお先棒を担いでくれる。

スマホについてこれまで、〝歩きスマホ〟や〝ブルーライト失明〟など、使い手のマナーや健康面からの議論のみが多い。人間形成へ及ぼす影響という視点からの論評にはほとんどお目にかかっていない。

経済効果やマナーなど現実的な問題だけでなく、もうそろそろ西部氏が憂慮したスマホの持つ〝阿片性〟について真剣に論ずべき時期に来ているのではないか？

先日の東京新聞投書欄に、十一歳の小学生の声が載っていた。

「スマホはゲームも通話もできて便利です。でも、直接人と話すことで、より感情も伝わります。私はスマホを使いすぎる大人にはなりたくないです！」

この小学生はスマホの人格形成に及ぼす影響に既に気づいている。こういう子供がいるうちに対策を講じないと、われわれはみな為政者の意のままに操られる〝アバター〟になっちゃうよ！

不安を煽る世の中

ちょっと旧聞になるが、作家の塩野七生氏が、新見正則医師との対談でキリスト教について面白いことを言っている（文藝春秋二〇二〇年一月号）。新見医師の、健康産業は人の不安につけこむ商売との発言を受けて、次のように応じている。

「はっきり言ってキリスト教も同じ。だから二千年以上も生き残っている。なぜキリスト教が力を持っているかと言えば、一つには『地獄』という誰も見て帰ってきたことがないものを武器にして人々を脅かしているから。二つ目は、責任をとらない。『あんたたちが不幸なのは、あんたたちの信仰が足りないから』」

正に彼女のいうようにキリスト教（カトリックも）は人間の弱みにつけこんだ「上から目線」の宗教なのだ。私は通信インフラ調査で、中南米各地を四年ほど歩きまわったことがある。彼の地では、どんな貧しい地方へ行ってもカトリック教会だけは立派である。インディヘナたちの貧しい生活との格差に、大きな違和感を覚えたものだ。

脅しといえば、同じようなことは仏教についてもそうだ。生前、悪行をつんだ人間は血の池地獄や針の山へ行くと脅し、恐怖にかられた人々を信者にした。しかし仏教は、異教に対して徹底的に不寛容なキリスト教ほどでないところが、いくらかましかもしれない。

人間の不安につけこむのは、なにも宗教ばかりではない。政治も同じである。ロックアウトだ、ステイホームだ、三密だとコロナ不安を煽る。感染者が出ると接触八割削減努力が足りないからだと、毎日テレビに数字を出して脅す。

しかし、かつて三密の巣だとさんざんメディアと一緒になって叩いたパチンコ業界からは、一人も感染者が出なかった。

経済再生相が国会で、どうしても自粛しないパチンコ店には警察を入れると脅したことを、決して忘れない。これはもう自粛などではなく、国家による脅迫だ。

都知事は東京アラートを解除し、レインボーブリッジや都庁舎を、赤から青に染め直した。コロナ対策が「一段落した」として知事選再出馬を表明。どうしても東京オリンピックをやるのだという。

あれだけコロナ不安を煽っておきながらこの神経。多くの国民の命を危険にさらすオリンピックこそ、東京が先頭に立って自粛すべきと思うが。国民もオリンピックなどというニンジンに、安易に飛びついてはならない。

皮肉なことに、アラート解除後にコロナ感染者数が急増した。多くはアラート発令中に感染したとのこと。不都合な現実から眼を逸らし、選挙パフォーマンスに前のめりな政治家は、この際淘汰されなければならない。

『熱源』と北方先住民

第一六二回直木賞受賞作、川越宗一（かわごえそういち）著『熱源』を読んだ。最近の直木賞作品には珍しい、海外サハリンを舞台にしたスケールの大きい歴史冒険小説である。

西のロシアと南の日本の間で揺らぎ続けるサハリン島。もともとは無主（むしゅ）の地であったが、やがて帝政ロシアと日本の共同領有の期間を経て、樺太千島交換条約によりロシアの単独領有となった。その後、日露戦争で島の南半分が日本に割譲されたが、太平洋戦争の結果再びロシア領に戻る。島には、アイヌ、オロッコ、ギリヤークなどの先住民、日本人、ロシア人、中国人、朝鮮人などさまざまな人々が住み、あるいは訪れた。

ロシアの占有時代、ロシア政府は囚人を使ってサハリンを開拓した。政治犯として送り込まれたこの物語の主人公、ポーランド人民俗学者もその一人だ。「民族に優劣はない、滅びてよい文化などはない」。

この小説ではそう信じたポーランド人民俗学者とアイヌ人妻の生涯、サハリン・アイヌと日本人との交流が史実をもとに描かれている。

物語の舞台はサハリンにとどまらず、ロシア本土、日本、ポーランド、南極までにも及ぶ。そこにレーニン、西郷従道、白瀬中尉、大隈重信、金田一京助など近代史上の人物が登場する。白瀬中尉率いる南極探検隊に、二人のアイヌが選ばれて参加していることを初めて知った。

一方、『熱源』には登場しないが、千島列島北部やカムチャッカ半島南部には、現在は絶滅したといわれている、サハリン・アイヌや北海道アイヌとは伝統・言語の異なるクリル・アイヌが住んでいた。

幕末に締結された日露和親条約により、彼らの先住地、得撫(うるっぷ)島から占守(しゅむしゅ)島までの千島列島はロシアへ編入された。だが明治八年樺太・千島交換条約が締結され、サハリンはロシア領土となり、千島列島は全て日本に帰属することになる。

明治十七年、千島列島最北東端の占守島のクリル・アイヌは全員、国防上の理由で列島南部の色丹(しこたん)島へ強制移住させられた。移住後、多くの人々が食生活の変化による脚気が原因で死亡したという。島を去るにあたり、限られた小舟に乗せることができず、それまで橇（そり）を曳いてくれた犬をすべて、村人総出で撲殺したという残酷な記録が残っている。

古来、アイヌの生活には生業（なりわい）というものがない。生きるに足る食物は自ら海や山から獲り、必要な道具を自ら小刀で削りだし、酒やタバコが要る分だけ貂（てん）や熊を獲ってきて売る。このような生活がいつのまにか大国により半ば奪われ、半ば自ら捨てざるを得なかったのだ。

アイヌは叙事詩を持つ世界的にも数少ない民族の一つである。西欧文学の古典で叙事詩と言われるものには『イリアス』や『オデュッセイア』『神曲』、アジアでは『ラーマーヤナ』などがある。

アイヌ語には文字がないので、自然の神々の神話や英雄の伝説を、言葉による豊かな表現で語り伝えてきた。『熱源』の中ではアイヌの叙事詩ユーカラを世に出したアイヌ学の創始者金田一京介とアイヌとの、学問を越えた交流秘話が描かれている。

ともするとわれわれは、アイヌを滅びゆく少数民族としてのみ話題にしがちである。

かつて麻生副総理は、「二千年にわたって同じ民族が、同じ言語で、同じ一つの王朝を保ち続けている国など世界中に日本しかない」と述べ、北方の先住民族アイヌを無視している。

歴史をくまなく検証して描かれた小説『熱源』を読むと、麻生発言がいかに事実と異なっているかがわかる。

ロシアとの間で、現在でも懸案になっている北方領土問題。日露和親条約を根拠にする日本と、日本はポツダム宣言を無条件で受諾し、サンフランシスコ平和条約に署名したとするロシアの間で主張が対立している。

そもそも、ポツダム宣言のもとになったアメリカ、イギリス、中華民国の三国首脳によって発表されたカイロ宣言には、〝日本暴力と貪欲によって略取したすべての地域からの日本の駆逐……〟とあり、ロシアとの平和的交渉によって樺太と交換された千島列島は含まれていない。

その点日本共産党の、北方領土は千島列島全てを含むという主張は、歴史的にみて正しい。どうして日本政府が北方領土を、早い時期から色丹島、歯舞島、国後島、択捉島の四島に限定してしまったのか？ 少なくともサンフランシスコ条約に調印しなかったロシア（当時のソ連）が全千島を占有する権利はないはずである。

いずれにしても、サハリン、北海道、千島列島などの先住民アイヌにとっては、日本、ロシアが侵略してきて勝手に国境を作り、彼らの領土を奪ったことに変わりはない。だが『熱源』では、そのあたりのことはあまり声高に訴えていない。

民族としてのプライドを持ったアイヌ、オロッコ、ギリヤークなど先住民の人々が、日露領土問題に翻弄されながら、凍てついた大地に熱源を求めて命を燃やす姿が淡々と描かれている。物語に政治臭が感じられないので、一般読者の頭に素直に入ってくる。

小説に刺激され、あらためて日露和親条約、樺太・千島交換条約、ポーツマス条約など北方領土に関する歴史を少し調べてみた。昨今、北方領土問題が取り上げられるたびに、元島民の墓参、ビザなし渡航などが話題になるが、ついぞ先住民アイヌ処遇の話など聞いたことがない。

アイヌの「先住権」などはどうなっているのか？ これから調べてみる必要がある。『熱源』を読み、もっとアイヌに関するさまざまなことを知りたくなった。

『お帰り 寅さん』に思う

山田洋次監督の映画『男はつらいよ』シリーズ五十作目『男はつらいよ お帰り 寅さん』を観た。この映画は、サラリーマンを辞めて念願の小説家になった寅さんの甥、満男を軸に話が展開する。

満男の新刊『幻影女子』は評判も良く、そのサイン会で、初恋の相手、及川泉に出会う。彼女は二人の子持ちで現在、海外で国連難民高等弁務官事務所に所属し、中東の難民問題に取り組んでいる。たまたま日本に仕事で一時帰国した時、満男のサイン会のことを知ったのだ。

満男にも中学生の娘がいるが、妻には七年前に先立たれた男やもめである。そんな満男と泉の胸に、甘酸っぱい昔の初恋の想い出がよぎる。二人のつかの間の逢瀬の話題は、いつも決まって寅さんだ。

寅さんの回想場面には、彼の相手役を務めた歴代のマドンナが次々と現われる。マドンナの一人、ドサ回りの歌手だったリリー（浅丘ルリ子）が、小さなジャズ喫茶の老いたママ役で登場。歴代美女四十七人の代表選手を務めている。

新作は背景が現代なので、中東難民、介護老人問題など、国際・社会問題がちょっぴり顔を出す。

満男は、これまでの東京下町を中心とした人情話には無縁だった文化人に設定され、話がより多彩になった。

映画のオープニングテーマ『男はつらいよ』は、サザンオールスターズの桑田佳祐が歌っている。山田監督が、渥美清亡き後の映画になんとかして新味を出そうとしているかがうかがえる。

私は、もともと寅さん映画の原型は、八っつぁん、熊さんの落語の世界にあると思っている。殺伐とした今の世ではすっかり忘れ去られてしまった、人間関係の濃密な落語世界に人々は心の安らぎを求め、盆正月になるとせっせと映画館へ通った。なにも無理して難民や介護問題など持ち出し、ことさら今様に味付けする必要はないと思うのだが……。

私がこの映画を観た横浜のシネコンは、平日のせいもあってか、観客すべてが七十代前後の高年層だった。同じシネコンで前の週に観た『スター・ウォーズ／スカイウォーカーの夜明け』の観客のほとんどが、二十代〜三十代の観客で占められていたのとは好対照だ。

「困ったことがあったらな、風に向かって俺の名前を呼べ。どっからでも飛んできてやるからな」

と、寅さんは幼い満男を励ました。そんな寅さん、いや渥美清がこの世を去ってから早や二十二年。今の世は個人の善意だけではどうにもならないほどに人心は荒廃してしまった。

寅さんの妹さくら役の倍賞千恵子が老けたのに驚いたが、先日テレビで見た山田監督も九十代が目の前だ。国民的人気者寅さんの生みの親、山田監督を批判するにはかなり勇気が要る。しかしあえて言わせてもらえば、今回の新作が寅さん物語の限界ではないか。彼はかつての寅さん人気に、いまだに振り回されている気がする。

NHKテレビで山田洋二原作・脚本の新ドラマシリーズ『贋作 男はつらいよ』のあらすじを観た。贋作の名のとおり似て非なるものだった。渥美清以外の寅さんは寅さんではない。

それほどまでに彼は寅さんに同化してしまっている。山田監督はそのあたりのことを十分承知の上で、「贋作」を考えたのであろう。それでも私は、もはやこのテレビドラマの本番を観る気はしない。

若いころ『男はつらいよ』シリーズの舞台、葛飾柴又と同じような雰囲気を漂わす街、深川の門前仲町に住んでいた。そんなこともあり、寅さんシリーズには他の人と違う格別な思い入れがある。

今回『お帰り 寅さん』を観て久しぶりに昔の下町情緒に浸るとともに、あらためて世の中が、落語的世界と様変わりしていることを感じた。映画のタイトルは『お帰り 寅さん』ではなく、『さよなら寅さん』の方がよほど相応しい。

芥川賞作家 石井遊佳さんのこと

二〇一九年末に上梓したエッセイ集『海外に生く』のなかで、作家石井遊佳(いしいゆうか)さんの芥川賞受賞作『百年泥』の書評めいたものを書いた。出版社をとおして、おそるおそる拙著を石井さんに贈ったところ、丁寧な礼状が届いた。

図に乗り石井さんの最新作『星曝(さら)し』の読後感を送ると、これに対しても礼状とともに、文学作品の解釈についての意見が寄せられた。半世紀にわたる私の海外経験が羨ましい、とのコメントも添えられてあった。

石井さんの両作品には、マジックリアリズムと呼ばれる芸術表現手法が使われている。この手法の元祖は、コロンビアの作家ガルシア・マルケスである。

かつてスペイン語研修の一環として彼のノーベル賞受賞作『百年の孤独』を翻訳したことがある。この経験を拠り所にして、石井遊佳さんの両作品の書評を書いたのだ。

その後、私のエッセイの愛読者だった妹が尊厳死し、そのショックで以前のように執筆に前のめりになれない状態が続いていた。そんな折、日ごろからエッセイの執筆指導を受けている作家の上野歩(うえのあゆむ)さんから、

「波多野さん、エッセイ集をもう一冊出されたらどうですか?」

との話があった。

「校正などぼくが全面的に協力します。本の帯文を石井遊佳さんにお願いしたらどうでしょう? きっと立派な本になりますよ!」

と勧められた。上野さんはなかなか人を乗せるのが上手だ。すっかりその気になってしまった。

しかし、素人が一年余りの間に二冊の本を上梓することがどれほど難しいことなのか……その時には思いつかなかった。一冊目は、話のネタもまだ十分にあり、それほど苦労せずに脱稿した。二冊目の原稿はまだ七割ほどしか出来上がっていない。前途遼遠(ぜんとりょうえん)だ。せめて九割は完成していないと、石井さんに帯文のお願いはできない。

それにしても作家の想像力、創作力にはあらためて尊敬の念を抱かされた。自身に

経験のない世界の出来事を、よくも次から次へと考えつくものだ。凡人の私の想像力を超えた才能である。文学に限らず、音楽、絵画など芸術一般に通ずることではあるが……。

昨年末、一冊目の自分史的エッセイ集を上梓した時、もうこれでこの世に思い残すことは何もない、いつ死んでもよいと思った。

しかし、いざ長年の夢が実現してみると、二年前、冬の多摩川で自裁した評論家西部邁氏のような勇気がないことを思い知らされた。晩年になって、人の生への本能的執着力の強さに気づいたともいえる。この上は、二冊目のエッセイ集上梓に向けて、老骨に鞭打つしかない。

『星曝し』を読む

芥川賞作家石井遊佳著『星曝(さら)し』を読んだ。七夕伝説発祥の地、大阪枚方市を思わせる架空の街を舞台に、これも架空のかえこと（交換）という風習をとおして人間の性(さが)を描いた小説である。

この街では毎年七夕がやってくると、人々は家財道具いっさいを家から運び出し、付近の淀川堤防へござを広げ星空の下へ曝す風習がある。星明りに曝し、一年間所帯に沁みついた垢や種々の屈託を洗い流すのである。

昔から星曝しの夜は一種の無礼講で、女性や子供を中心とした家族の交換、かえことができる。かえことは妻どうし、夫どうし、子供どうしの等価交換でなければならないというルールがある。

物語はある年の七夕の夜、両手に線香と慶弔用紙に包んだ桃を持った中年女性が、淀川堤防を訪れるところからはじまる。河川敷のあちらこちらに広げられたござの上には、父親、祖母、タバコ屋のおばさん、スナックのママなど、肉親や昔親しかった人々がタイムスリップし、彼女の少女時代の年齢のまま座っている。

一つひとつのござを訪れるうち、かえことに翻弄（ほんろう）された女性の半生が少しずつ浮かび上がってくる。それぞれのござは、彼女の過去が詰まったタイムカプセルなのだ。

女性の母親は父親にかえことされている。少女時代に好意を持った少年は、母親と、かえことを繰り返す身持ちの悪いテキ屋との間に生まれた子供、つまり父親違いの兄だった。

女性は考える。「母のみならず、私だって誰かと星明りの下でかえことされたのかもしれない。誰もがかえことによって今、ここにいる可能性を否定できない。そのとき初めて、かえことした方もされた方も、家族ですごす七夕の夜における淀川堤防の意味を、あらためて発見するのだ。いったい、かけがえのないものなどこの世にあるのだろうか？」と。

しかし、〈人と人との繋がり〉に人間の存在証明を求める彼女の夫は、〈隣り合わせのシートでぜんぜん違う映画を観る生活〉にはどうしても耐えられず、別の相手のところへ去っていく。

最後に訪れたござには、彼女の悲しく恐ろしい破滅的な過去が待っていた。彼女の放火で誤って焼死させてしまった父親違いの十二歳の兄が、嬉しそうに出迎えてくれる。ここまできて読者ははじめて、彼女が両手に線香と桃を携えていた理由がわかる。

この小説で作者は〈人は何のために生きるのか？〉との、根源的な問いかけをしているように思える。この問いをわが身に振り返って考えてみる。電気通信技術一本槍で生きてきた私。もし作中のパーマ美容師が八百屋のおかみさんとかえことされたように、ある日突然映画『男はつらいよ』の寅さんのようなテキ屋とかえことされたらどうなるのか？

極端な例だが、自殺でもしないかぎり観念して作中人物と同じように、残りの人生の輪を回しながら生き続けるのではないだろうか。どんな人生でも、生きること自体が人生の目的だと自身に言い聞かせながら……。

作者はこの小説をとおして読者に、だれもが考えてはいるが、ともすると日常雑事の中で忘れがちな生きる意義の再確認を促しているように思える。

芥川賞受賞作『百年泥』で作者は、マジックリアリズム手法を用い、現代インドの一断面を鋭く切り取ってみせた。受賞三作目の『星曝し』では、七夕伝説ゆかりの地と、ありそうでいて現実にはありえない、人間のかえことという SF的風習を結びつけ、現代人の生きる意味を読者に問いかけている。『百年泥』の手法とはまた違った、新しい切り口で現代文学の地平を切り開いたといえる。

新型コロナとネアンデルタール人

欧米にくらべて東アジア地域の新型コロナウイルス感染者数・死亡者数は、圧倒的に少ない。

私はかねてから何故、日本、中国、韓国、台湾など東アジア諸国での数値が、欧米にくらべ低いのだろうと疑問に思っていた。これまで仕事でこれらの国に長期滞在したことがある。素人なりに、生活習慣や公衆衛生など要因を考えてみたが、なかなか思いあたらない。

先日、この疑問の答えになるかも知れない衝撃的な論文が、英科学誌『ネイチャー』（電子版、二〇二〇年九月三十日）に発表された。論文の中でドイツ進化人類学研究所のスバンテ・ペーボ博士は、新型コロナウイルス感染症の重症化は、ネアンデルタール人から受け継がれた遺伝子の一部が関連している可能性があると推測している。

これまで、旧人ネアンデルタールと、われわれの祖先、現生人類ホモサピエンスの間には、遺伝子的なつながりはないとされていた。

しかし最近の研究で、現生人類は約六万年前にネアンデルタールと交雑したことがわかってきた。そして、ネアンデルタールから受け継いだ遺伝子を保有する人が新型コロナに感染すると、人工呼吸器が必要となる可能性が三倍高くなることも。

このような人は、地球上に均等に分布しているわけではなく、地域性があることも明らかになった。

この遺伝子を保有する人の割合は、欧州では約十六パーセントなのに対し、南アジアでは約五十パーセントに上り、バングラデシュでは六十三パーセントと最も高い。東アジアとアフリカでは、保有者がほとんどいなかったという。

これらの研究結果は、ネアンデルタール人遺伝子保有者の地域的分布が、世界の地域別新型コロナ感染者数・死亡者数と関係があることを示唆している。論文の主旨は素人目にもわかりやすい。

新型コロナ患者は、集中治療室での治療が必要な人もいれば、軽症や無症状で済む人もいる。これまでに高齢者や男性、持病のある人が重症化しやすいことはわかっているが、今回新たに遺伝的要因も影響し得ることがはっきりした。

とうとう人類の起源にまでさかのぼってきた今回のコロナパンデミック。どこぞの国の政府高官の言う、国民の「民度」レベルの矮小（わいしょう）な話ではなくなってきたようだ。

それにしてもスウェーデン人の、ノーベル賞級的研究発表者ペーボ博士が、沖縄科学技術大学院大学で教鞭を執っていることは興味深い。

総合的というまやかし

安倍前首相が昨年二月、新型コロナウイルス感染防止を名目に、突如小中高の休校を決めた。何の科学的根拠も示さず、文科大臣にも諮らない、側近の助言だけの総合的判断によるものだった。

あれから一年余。果たして休校は本当に感染拡大予防に役立ったのか？　考え直してみる必要がある。

最近の日本小児科学会の報告によると、新型コロナウイルスに感染した子供の感染場所は家庭が約八割で、学校や保育園、幼稚園は約一割だったことがわかった。

新型コロナウイルス患者のうち、子供の占める割合は低く、休校は感染拡大防止にはつながっていない。むしろ、家庭内不和や運動能力低下など、休校措置に伴う弊害の方が大きいとのこと。

総合的とは、なんとあいまいで使い勝手のよい日本語だろう。私は長年、ビジネスで英語やスペイン語を使ってきたが、これらの言語には日本語の総合的に相当する一言で表せる副詞がない。数語を費やして説明的に表現している。それだけに言わんとすることは正確に伝わる。

ほかにも総合的の引用例がある。新型コロナ特別措置法に基づく緊急事態宣言下で、東京高検検事長が大手メディアの新聞記者たちと賭けマージャンをした。

人事院の懲戒処分指針によれば常習賭博は停職の対象である。法の番人検察庁ナンバーツーが、一般人の常識さえ持ち合わせていないのにはあきれるばかりだが、法務省の下した処分が、指針の中で二番目に軽い訓告だったのにはあ然とした。

政府は「(懲戒処分指針は)直ちに形式的に当てはまるわけではなく、賭博行為の動機や金額などを総合的に判断して決めている」

と弁明。

最後に政府による総合的の引用例をもうひとつ。日本学術会議会員の任命拒否問題である。政府は会員候補六人の任命を拒否した理由を明確に説明せず、またしても総合的判断だとして逃げている。

私はたまたま、六人の候補者の一人、東大教授加藤陽子（かとうようこ）氏の著作『それでも、日本人は「戦争」を選んだ』を読んでいた。高校生相手に講義した日本近現代史をまとめた文庫本で、とてもわかりやすい。若者相手にまっとうな歴史を語る学者が、なぜ学術会議から排除されるのか？　私もその理由を知りたい。

新型コロナ休校、検事長賭博、学術会議問題。落語の三大噺ではない。そこから見えてくるのは、総合的などというあいまいな言葉を使い、不合理な政治を強引に正当化しようとする為政者の、国民を舐めきったいつもの姿勢である。

それでも、菅内閣の支持率は五十六パーセントと高い（内閣総理大臣就任当時）。この現実をどう考えればよいのか。一部の知識人が言うように、われわれ日本人は蒙昧（もうまい）な民なのか？　自戒をこめて考えねばならない。

IV

冬の足音

京都かやぶきの里

エンド・オブ・ライフ

一昨年秋、妹はすい臓がんの手術を受けたが、三ヵ月後に肝臓に転移した。放置すれば余命半年との主治医の宣告。すぐに抗がん剤投与が決まったが、当日になって妹は投薬を断った。

抗がん剤の副作用による脱毛やおう吐など、苦しい思いをしてまで延命治療を受ける気持ちはないと、日ごろから信頼している主治医に打ち明けた。一年前に開設された、同じ病院の緩和ケア病棟で静かに最後を迎えたい、とも。目を真っ赤にはらして必死に抗がん剤投与を勧める医師に、

「先生、泣かないでください。患者の私がさんざん考えた末、覚悟を決めたことですから」

と、安らかな死を望むのが変わらないことを伝えた。妹の連れ合いの義弟は認知症を

患い長年施設に入っていて、意志疎通ができない。これまで何かにつけ、長女と二人暮らしの妹の相談相手になってきた。私の姪である長女も、悩みに悩んだ末に最後は母親の希望を受け入れた。

前立腺がんを抱える私も、妹の気持ちがよくわかるのであえて反対しなかった。ゆるぎない死生観を持つ彼女に、むしろ尊敬の念さえ覚えた。

（残り少ない妹の人生に少しでも寄り添えれば……）

そう考え、姪と共に度々イタリアレストランや日本料理屋などで会食した。医師は、この期に及んでは特に食べ物の制限はないという。時には母親の身を案ずる姪に内緒で、妹と二人きりで食事をしたこともある。

妹はいつも快活で、老舗の蕎麦屋で天ぷらソバを食べた時など、普段にはない食欲で私の残りまでペロリ。こんなことを言って私を泣かせた。

「お兄ちゃんと一緒だと、どうしてこんなに食欲が出るのかしら？　今日はお盆と正月が一緒に来たみたい。私、お兄ちゃんの妹に生まれて本当に良かった」

妹は七十代になってもいまだに私のことを〝お兄ちゃん〟と呼んでいる。ここ五、六

群馬万座温泉

年余り、趣味の風景写真や、写真とコラボした俳句を送っているが、彼女は私の作品の一番の理解者でもある。孫娘の絵とコラボした作品が全国フォトコンテストに入賞した時など、自分のことのように喜び、主治医に自慢していた。

しかし、私の前ではいくら気丈に振る舞っていても、人の心はそれほど強くはない。ある時こんな心のうちを漏らしたことがある。

「お兄ちゃん、正直言うと私、死ぬのが不安で怖いの……」

「芙美代、前立腺がんを抱えている私にはお前の不安な気持ちがよくわかるよ。どんな悟りを開いた高僧でも、死を告知されると動顚するというからね」

「………」

「（尊厳死のこと）いつでも考え直していいんだよ。人間の考えはよく変わるものだから」

「でも、お兄ちゃんには紗良ちゃん（在米の小六の孫娘）がいるけれど、私の子供や孫たちはみんな成人しているし。もう十分に生きたわ。これ以上髪が抜け、身体がボロボロになるまで生きていたくないの」

最期まで妹の決意は変わらなかった。その後まもなくして末期がんの苦痛が始まり、以前から申し込んであった、国立S病院の緩和ケア病棟へ入院した。

新装なった病棟は明るく清潔で家族宿泊施設も備え、まるでリゾートホテルのよう。六階の広々としたロビーからは、遠く奥多摩の山並みが見渡せる。ちょうど眼下のサクラが満開で、とても死と隣り合わせの建物とは思えなかった。

余命は長くて二週間、と医師の宣告があった。入院当初、妹はまだ元気で、鎮痛剤で痛みが治まっている時は、自宅から持ってきた大きなガーゼを裁断して、私のためにせっ

せと新型コロナ予防マスクを作ってくれた。死を目前にした緩和ケア病棟内での手仕事。これではどちらが患者だかわからない。

妹はカウントダウンに入った余命を知りたがった。しかし、いくら本人が覚悟しているとはいえ、とても残酷で主治医の告知を伝えることはできない。私が返事をはぐらかすので、勘のよい彼女はそれ以上深く訊いてはこなかった。

一般病棟とは違い、緩和ケア病棟では入院時に本人も家族も鎮痛剤の使用に同意している。そのため患者が痛みを訴えるとためらわず、その時の患者の体力を考慮した鎮痛剤を投与する。

　モルヒネ系の鎮痛剤は効き目が速いが、命を縮めるのも速い。入院後一週間もすると、穏やかに眠っている時間が多くなってきた。死とその過程を描いたベストセラー『死ぬ瞬間』の著者エリザベス・キューブラー＝ロスは、スイスの精神科医だ。彼女の言う、長い旅路の前の「死の受容」の段階に入ったのであろうか。時々朦朧とした意識が恢復し、ベッドの上で上体を起こそうとする。寝たきりの姿勢が苦しそうなので、背中をさすってやると、いかにも気持ちよさそうだ。

　亡くなる前日、酸素吸入器を付けた妹と半日ほど一緒の時間を過ごした。すっかり細くなった手を握りながらこんなやりとりをした。

「芙美代、何も怖れることはないよ。俺がずっとそばについているからな」

「う、れ、し、い……」

「なにか言い残すことはないかい？」

「ネ、ズ、ジ、ン、ジャ……」

「何と言ったんだい？　根津神社と言ったのかい？」

「う、うん……」

私が二年前に撮った東京・根津神社のツツジのことを言っているのだ。都心とは思えない緑豊かな境内の丘いっぱいに咲き誇る、赤、白、ピンク、紫など様々な色のツツジの群落。どうやら妹はもう彼岸の花園を彷徨(さまよ)っているらしい。この会話が最後になり、二度と意識は戻らなかった。

葬儀の当日。いつの間にかサクラは散り去り、春霞(はるがすみ)も消え、雲ひとつない五月晴れだった。新緑がまぶしい。新型コロナ禍中なので、会葬者は近親者のみに制限された。姪が念入りに化粧した妹の死に顔は、とても穏やかで美しかった。髪をなでるとふさふさしている。抗がん剤による脱毛を嫌い、最期まで女の美学を貫き通した顔だ。

「これじゃ、生前よりずっと美人じゃないか」

と私が言ったので、みんなが泣き笑い。棺のなかに昨年末に出版した私のエッセイ集を入れた。彼女にも作中人物で登場してもらった。そして根津神社のツツジの写真も。

納棺師が、

「とても色鮮やかで見事なツツジですね」

と褒めてくれた。

「お母さん、いつも楽しみにしていた伯父さんの写真よ」

姪が母親の耳元で最後の別れを告げた。この一枚のためにだけでも、ここ十年余り風景写真を撮り続けた甲斐があった。

残された認知症の夫のケア、わずかな資産の子供たちへの配分、入院費・葬儀・埋葬代の支払いなどのいわゆる終活。すべて生前、「お兄ちゃん、死ぬのも楽じゃないわね」と半ば冗談を言いながら子供たちに指示してあった。

戦死した父親の顔を見ることもなく、二人の子供を育て上げた七十八歳の命。いまその命が務めを果たし、永遠の無へと戻っていく。わが妹ながら実に見事なエンド・オブ・ライフ（命の閉じ方）である。

本人のたっての希望で、遺骨は北アルプス後立山連峰山麓の信濃大町の県営墓地に埋葬した。後立山連峰は私が若き日の情熱を燃やした生涯忘れ得ぬ山々である。あれから六十余年。生まれも育ちも東京で、まったく山とは無縁だった妹が、山麓の信濃大町を永遠の安息地に選んだ。何とも不思議なめぐりあわせというしかない。

私自身も現在、三ヵ月ごとに腫瘍マーカー検査を受けている。検査結果が基準値を大幅に超えた場合、主治医は、ホルモン・抗がん剤投与を勧めている。高齢のため、もう手術は無理とのこと。

私も妹同様、男の機能を失いお多福顔になるなどして、抗がん剤の副作用に苦しみながら長生きしようとは思わない。私にも男の美学はある。

しかし情けないことに、彼女のように最期まで凛とした死生観を持ちつづけられるかどうか自信はない。いまだに煩悩を捨てきれずにいる兄貴に、どこからともなく妹の声が聞こえてくる。

「私は自分なりのやり方で精いっぱい生きたつもりよ。お兄ちゃんにはまだ紗良ちゃんがいるんだから、元気を出して」

信濃大町の若いお坊さん

妹の四十九日法要で、北アルプス後立山登山の玄関口、信濃大町へ行った。後立山連峰は、青春時代に山仲間三人で全山縦走を敢行した思い出深い山でもある。信濃大町には、生まれも育ちも東京の妹が、家族の都合でひところ住んでいたことがある。妹は朝夕眺める北アルプスの山々に魅了され、死んだら後立山が一望できる街はずれの県営墓地に埋葬して欲しいと願っていた。

新型コロナウイルス禍で、都道府県をまたぐ不要不急の移動は自粛要請されていたが、法要は必要緊急と勝手に判断した。新宿発朝八時の特急あずさ五号は、コロナのせいで一車両五、六人しか乗客が見当たらない。

新宿を出るころは梅雨入りを思わせたお天気が、諏訪湖を過ぎるあたりから初夏の爽やかな青空に変わった。

松本から大糸線に入る。田植が終わり、たっぷり水をたたえた田んぼの彼方に、後立山連峰が屏風のように立ちはだかっている。尾根筋や谷合の残雪が、初夏の陽光に映えてまぶしい。

信濃大町駅前で、出迎えにきた親族たちと手打ち信州そばの昼食を済ませ、市内にある日蓮宗の寺に向かう。

住職に会いびっくりした。孫のように若い。それに、坊主がコロナを怖れていたら商売にならないと言わんばかりに颯爽として、頼もしかった。それに、若いのによく気がつく。

「横浜からの長旅、お疲れさまです」

と言って、旅で乱れた私のネクタイを直してくれた。

読経、焼香が終り、最後に三途の川や閻魔様の御裁きなど、死後の世界についての法話があった。数枚の絵を使い、子供にもわかる紙芝居もどきの話でなかなか面白い。そこでつい余計な質問をした。

「今ご住職のお話を伺っていて、二十年近く前に亡くなった母親のことを思い出しました。母は死ぬ直前に〝川が見える！　川が見える！〟と言っていました。あれは三途の川だったんですかね？」

「そんなことがあったんですか。臨死体験者の話によると、人が死ぬ前に水のある風景に出会うというのは、世界共通のようですよ」

「実は、きょう供養をしていただいた妹もその時一緒に、母のうわ言を聞いていました。今ごろあの世で母と二人して、三途の川の話でもしているかも知れません」

「そうかも知れませんね」

と住職が微笑む。

私はさらにこんな話をした。

「小六の孫娘がニューヨークに住んでいて、毎夏日本に帰ってきます。この孫が帰国中必ず毎朝、私と二人で先祖の仏壇に向かい〝南無妙法蓮華経〟を唱えるのです。別に強要しているわけではないのですが、帰国中の日課になっていて、私が忘れると必ず〝オジイチャン、ナムミョウホウレンゲキョウの時間よ！〟と催促されます」

「言葉は違っていても心は一つ。まさに仏縁ですね。本日は興味深いお話を、いろいろとありがとうございました」

説教が商売のお坊さんから逆に礼を言われてしまった。その後、法衣に麦藁帽をかぶると、自ら車を運転し、納骨のため県営墓地まで足を運んでくれた。

「ご住職、その帽子、なかなか格好いいですよ。写真を一枚撮らせていただけませんか？」

「どうぞ、どうぞ。どうも坊主頭の照り返しが応えるものですから。私も写真が趣味で、キャノン70ｄを持っています」

「そうですか。私が愛用しているのは60ｄで、ご住職のものより一時代前のモデルです」

標高八〇〇メートル近くの県営墓地から眺める北アルプスの山並みは圧巻だ。私自身の墓は富士山麓に用意してあるが、景観ではとても信濃大町には及ばない。

帰途、私一人だけ墓地隣にある大町山岳博物館へ立ち寄る。若い頃から一度は来たいと願っていた憧れの場所だ。コロナ禍のため三階の展望ラウンジには誰もいない。あらためて後立山連峰と対面し、青春時代以来の無沙汰を詫びた。

北の白馬岳から南の針ノ木岳まで全長約六〇キロの後立山縦走路。午後になって尾根筋に多少雲が出てきたが、絶好の撮影日和である。四枚構成の後立山全景パノラマ写真を撮った。早くもセミの声が聞こえるラウンジで、コーヒーをすすりながら一句ひねる。

あの尾根で幾夜結びし夏の夢

青春時代、身の程知らずにも挑んだ後立山連峰テント泊縦走。まさか六十年後、麓の街に妹が永眠することになるとは、夢にも思わなかった。

私の風景写真を心待ちにしてくれる人はもういない。信濃大町駅で別れ際に、姪が言った。

「オジチャン、来年の一回忌にも是非また来てね」

母親ががんを告げられ尊厳死を選んで以来、姪は仕事と終末ケアの両方で、心身ともに疲れ果てている。実母の看護とはいえ、実によくやった。

もちろん来年、私は来るつもりだ。持病の前立腺がんに加えてこの頃新たに仲間入りした胸部動脈瘤。もう少しの間、静かにしていてくれるとありがたいのだが。

横浜の自宅へ戻ってから住職に、当日撮った法要の写真と、昨年末に上梓したエッセイ集『海外に生く』を贈った。この本には私の体験した臨死体験やテレパシーなど、いわゆる超自然現象のことが書かれている。少しでも若い住職の法話の参考になれば、と願っている。

ブルーベリー

長い梅雨が明けた。信濃大町の甥からブルーベリーが届いた。甥は七年前に東京のIT関連会社を脱サラし、大町で小さな果樹園を営んでいる。昨年秋にはリンゴを贈ってもらったが、今年はブルーベリーに手を広げたようだ。

釣鐘型の白い花を咲かせ、甘い実をつけるブルーベリー。グラニュー糖を加え、鍋で加熱するだけで新鮮なジャムができあがる。毎朝トーストに塗って食べている。スーパーで売っている出来合いのジャムにはない、現地直送の鮮度が食欲をそそる。

小さな果樹園経営だけで家族を養うのはなかなか難しい。冬の間は、白馬高原でスキーの指導員をして生計を補っている。動画を見せてもらったが、かなりの腕である。もうすっかり大自然に溶け込み、都会へ戻る気はなさそうだ。

五年前に果樹園を訪れたことがある。白いリンゴの花越しに北アルプス後立山連峰が、屏風のように連なっていた。北の白馬岳から南の赤沢岳までの大パノラマであった。若い頃テント泊二週間で全山縦走し、途中台風に出合い遭難一歩手前まで行った。一生忘れようとしても忘れられない山々である。

今年の春、すい臓がんを患っていた甥の母親（私の妹）が桜とともに散った。妹の強い希望による尊厳死だった。彼女は信濃大町に魅せられ、死んだら山が見える大町山岳博物館隣接の、県営墓地への埋葬を希望していた。私も彼女の意志を尊重した。

若い頃から山男だった私は別にして、さほど山好きでもない妹や甥が、山の聖地信濃大町を終の棲家にえらんだ。なにか運命的なものを感じずにはいられない。

私は日頃から中性脂肪が高い。先日の定期健診で栄養士から、毎朝トーストに塗るバターをジャムに替えるよう、指導を受けたばかりだった。今度のブルーベリーは、兄思いの泉下の妹がテレパシーで長男に、私宛に送るよう指示したのかも知れない。

まもなく新盆。そろそろ妹の霊を迎える準備をしなければ。

哀蚊

哀蚊は「あわれが」と読み、太宰治の短編小説『葉』のなかに次のような一節が出てくる。

「秋まで生き残れている蚊を哀蚊（あわれが）と言うのじゃ。蚊燻（かいぶし）は焚かぬもの。不憫（ふびん）の故にな」

私はこれまで世界各地で暮らしてきたが、蚊の命を哀れむ精神文化に出合ったことはない。

世界では、蚊の媒介による病気の死者は年間七十五万人にもおよび、「地球上でもっとも人類を殺害する生物」とされている。

その蚊も暑さには弱い。今年八月の東日本の気温は戦後最も高かった。専門家によると蚊は暑くなりすぎると飛ばなくなり、寿命も短くなるという。気温が三十五度以上になると、人の血を吸う元気もなくなるらしい。私はこのことにかなり前から気づいていた。

一九六五年夏、マイクロ無線置局調査でインド内陸部デカン高原地方へ出かけた時のことだ。この地方は日中の最高気温が四十七度にもなり、夜になってもあまり下がらない。宿舎にクーラーなどなく寝苦しくて、仕方なく中庭の芝生の上にごろ寝した。寝る前に強い地ビールを引っかけていたので、蚊に襲撃されることを心配したが、それがまったくの杞憂(きゆう)だった。あまりの猛暑で、蚊も飛べないのだ。クーラーのない家の中よりずっと快適で、インド人技術者とともに幾晩も中庭に野宿した。

数年後、イラン砂漠で道に迷い、ベドウィンのテントで一晩世話になったことがある。昼の間は五十度近く気温が上昇する砂漠も、日が沈むとともに低下し、蚊が出てくる。テントの中は狭いので、砂漠に持参した簡易ベッドを組みたてた。ベッドの周りにロープを張り、所々に蚊取線香を吊るした。でもこの方法は失敗だった。砂漠に吹くわずかの風で線香の煙があらぬ方向になびいてしまうのだ。

インドネシアのカリマンタンではマラリア蚊に悩まされた。マラリア蚊は人肌に四十五度の角度で止まり血を吸うという。皮膚に蚊が止まるたびにその角度を目測し、なかった。

一喜一憂した。当時出始めた超音波による忌避グッズも試してみたが、まったく効果は
スマトラのジャングルでは、マラリアを発病した技術者を、ヘリコプターでジャワ島の病院へ緊急搬送したこともある。幸い私は長年マラリア最前線にいたにもかかわらず、蚊には敬遠されたようである。

死にいたらずとも、刺された痒(かゆ)みや羽音で睡眠を阻害されるなど、日常生活に悪影響をおよぼす面でも蚊は忌み嫌われている。

そんな蚊を日本では哀蚊と呼び、無駄に生きながらまだ欲望の絶えない人間に重ね合わせている。なんという細やかな観察、豊かな発想だろう。恵まれた日本の自然環境が、このような他国とは極めて異質な風土を生むのであろうか。

安楽死問題を考える

医師二人が、筋（A）萎縮性側索（L）硬化症（S）の女性患者の依頼で薬物を投与し、殺害したとの疑いで逮捕された。二人の行動には何かうさんくささがつきまとう。しかしそれは別にして、この機会にこれまであまり議論されなかった安楽死問題を考えてみる。

昨年暮れ、不治の病ALSを告知された日本人女性がスイスで安楽死した。その一部始終がNHKテレビで放映され、大きな話題になった。

この女性、小島ミナさん（五十二歳）は、植物人間になってまで生きることを望まず、家族を説得してスイスへ渡り、最後は望みどおり穏やかに息を引き取った。

ミナさんが自ら致死剤の注入弁を開く場面を見て、私も涙が止まらなかった。

一昨年、七十六歳の妹がすい臓がんを告知された。放置すれば余命は半年とのこと。

メキシコ・ユカタン半島フラミンゴ

当然ながら主治医は抗がん剤治療を勧めた。

迷いに迷った妹は、当日になって治療を断った。妹の前に治療を受けた患者の脱毛が激しく、ひどくショックを受けたのだ。そんな思いをしてまで生きたくない、との気持ちを新たにした。二人の孫も成人し、祖母の役割も果たしたとの思いにも後押しされた。

主治医は目を真っ赤に腫らし妹の翻意を促したが、彼女の気持ちは変わらない。最後は家族に見守られ「嬉しい……」と言って静かに息を引き取った。

今回の事件のように安楽死をビジネスにしている人間もいれば、妹の場合のように涙を流しながら暗黙裡に尊厳死に理解を示す医師もいる。

ＡＬＳ患者の船後靖彦参院議員は「『死ぬ権利』よりも、『生きる権利』を守る社会に」と訴えた。東京新聞の社説も、「事件を安楽死の議論に結び付けるよりは、難病の人や高齢者が生きやすくする社会をどう構築するかを考えるべき」と主張した。

私は両者の主張に非常に違和感を覚える。人間には生きる権利と同様、死ぬ権利もあると思う。船後議員の場合は、ご当人が渦中の人でもあり彼の気持ちは理解できる。しかし、世の中には小島ミナさんや私の妹のように、同じような不治の病に罹りながら、異なった死生観を持った人も数多くいる。東京新聞の社説にいたってはまるで中学生の作文のようだ。故意に問題の本質を避け、主張がキレイごと過ぎる。この際何の解決策にもならない。今回の事件は、これまで国民が避けてきた、安楽死問題を論ずるよいチャンスだというのに……。

スイスでは、何回もの真摯な国民的議論を経て最後は国民投票で決めたと聞いている。ＧＤＰだけが国力ではない。一人ひとりの心の問題にまで立ち入って国民的議論ができてこそ、初めて物心ともに先進国と言えるのではないか。

親友最後の願い

中学時代の親友にＨ君がいる。Ｈ君のお父さんは光学機械を作る中小企業の社長で、一家は西武池袋線江古田駅近くの大きな屋敷に住んでいた。Ｈ君は手先が器用で、鉱石ラジオや模型電気機関車を作るのが得意だ。広い庭の片隅にある物置が、彼の工作工場である。電気ドリル、万力、半田ごてなどなんでもある。

一方私の方はといえば、父は戦死し、家は米軍の空襲で焼き出されて一家五人、小さな家で細々と暮らしていた。工作工場どころか、満足に模型機関車を走らせる場所もない。Ｈ君の家へ遊びに行くことが何よりも楽しみだった。

そんな私をＨ君の家族は、優しく迎え入れてくれた。いつ行ってもおばあちゃんは、

「波多野さんや、よく来てくれたね」

とニコニコしている。お父さんは会社の雑務を、アルバイトとして回してくれる。仕

事の終わりに、H君と一緒に銀座の料理店でご馳走になったこともある。私から見れば正に「日の当たる場所」に住む、心優しい一家だった。

それから五十年後。職種は違うが、私は当時のH君のお父さんと同じような中小企業の社長になっていた。H君の呼びかけで親しかった七～八人の中学校同級生が、私の会社がよく使う新宿のレストランで集うことになった。しかし、運悪くその日は母の葬儀にぶつかり私は出席できなかった。

その後H君と二人だけで会う機会があり、そこで彼に頼まれた。

「波多野、俺は生まれてからこれまで一度も海外に行ったことがない。お前は経験豊富だ。どこでもいいからぜひ連れていって欲しい」

中学時代にさんざん世話になったH君とその家族。なんとしてでも海外旅行を実現したかった。ただ間の悪いことに、その時私は社長に就任したばかり。とても海外旅行に出かけられる環境ではない。

「会社業務が一段落したら考えるよ」

と、あいまいな返事をしてごまかした。あとから考えればH君は真剣だったのだが、その時は気づかなかった。

その後しばらく往来が途絶えた。一年前に私の『忘れ得ぬ海外の人々』（共著）を送った。間なしに奥さんから知らせが届いた。

「主人は二ヵ月前に亡くなりました。贈って頂いたご本は仏前にお供えしてあります」

晩年は私と海外旅行に行くことを楽しみにしていたと電話で奥さんから聞き、悔恨の思いにかられた。友の最後の願いを聞き届けられない人間を、果たして本当に親友と呼べるのかと……。

気仙沼から

ふかひれの水揚げ量日本一の宮城県気仙沼漁港。今その気仙沼港が、新型コロナウイルスの影響で遠洋マグロはえ縄漁船が出港できず混雑しているという。漁船の係留スペースが不足し、困っているそうだ。その気仙沼に住む旧い友人S君から便りが届いた。

今から五十年余り前、情報通信コンサル会社で労働組合執行委員長に祭り上げられた。組合員の中に気仙沼出身で、高専を卒業したばかりのS君がいた。十五年ほどして、優秀なITエンジニアに成長したS君は故郷へ戻り、仙台に会社を創って独立した。私はたびたびS君の会社を訪れ、東北大学の学生リクルートなどに協力してもらった。

昨年末に出版した拙著『海外に生く』を読んだ友人から、数年前S君がITエンジニアから小説家へ転身したとの話を聞き、奇縁を感じた。

私の執行委員長時代、彼は末端の組合員として、執行部から頼まれてアジビラなどを書いていた。連日のように会社首脳陣との団体交渉に謀殺されていた私は、それを知る由もない。S君はさまざまな組合文書を書いているうちに、物書きの面白さに目覚めたという。

早速、S君にエールを送るとともに自著を謹呈した。折り返し礼状が届き、彼の最新作が同封してあった。小説はラブコメディーで、「自分史と異なり、登場人物を作品中で自由に操れる点で自分の欲求にあっているようです」とのメモが添えられてあった。自ら出版社を興し、編集、印刷、製本まで手作りしているとのこと。一冊千円でネットなどで販売しているとも。「そうか、書店を通さずともこういうやり方で自作を世に出すこともできるのだ」と教えられた。

当然それだけでは食べていけないので――そうは書状には書かれていないが――奥さんと二人、珈琲豆の焙煎（ばいせん）販売などしているという。いくら物価の安い地方とはいえ、その程度の生業（なりわい）でよくやっていけるなと感心する。中小企業を経営してきた私には、どうしてもその辺のことが気になってしまう。

先の東日本大震災で、S君の実家は津波にさらわれ肉親が犠牲になった。彼はそのショックを何年も引きずっていたが最近やっと立ち直り、昨年から中断していた賀状交換を再開している。

小説は彼の生まれ故郷、気仙沼が舞台である。気仙沼は昭和三十年代、魚仲買商のハーモニカ長屋が軒を連ね、子供たちの歓声が街中にこだまする活気のある町だった。作者はあえてそんな時代を背景にしたラブコメディーを描き、震災復興へ励む故郷の人々へエールを送っているようだ。地方在住作家ならではの郷土愛溢（あふ）れる作品である。

わが愛猫記

猫の名はミータンという。現在の横浜のマンションに住む以前､戸建ての家にいたころ、妻が友人からもらい受けた猫である。メスの白猫で、雑種だが性格がおっとりしている。

ある夏、ミータンを家に置いて、妻と二人で十日間ほど海外旅行に出かけた。ペットフードと飲み水は、十分すぎるほど用意した。裏口の窓をわずかに開け、屋外とは自由に行き来ができるようにしておいた。心配だったが､以前から楽しみにしていた旅行で、心を鬼にして出かけた。

予定どおり十日後に帰宅。玄関を開けると、闖入者がだれかと不安な目をしたミータンが、玄関の片隅にじっとうずくまっている。私だとわかると、唸りをあげながら胸に飛びついてきて、そのまま離れない。爪で私の肩をしっかりとつかみ、

「もう金輪際離さないわよ！」

と言わんばかりに、トイレにまでついてくる。そんな状態が一週間あまり続いた。十日間、よほど寂しかったのであろう。不憫でならなかった。それ以来、夫婦二人しての長期旅行は断念した。

戸建て住宅は猫には住み心地がいいようだが、中年夫婦には広すぎ掃除に手間がかかる。老後のことも考え現在のタワーマンションへ移った。間もなくニューヨーク在住の娘に孫が生まれ、その面倒を見に妻が二ヵ月ほどアメリカへ出かけた。

妻の留守中、猫との「二人暮らし」が始まった。今度は私がいるのでミータンも安心したのか、顔が穏やかだ。毎晩、私が仕事から帰ると、ミャーオと玄関に出迎える。毎朝五時になると、決まって私のベッドへ飛び込み「起きて！」といって耳を噛む。

犬と違って猫は、散歩に連れていくわけにもいかず可哀そうだ。そんなミータンも気がつけばもう二十歳。人間でいえば九十代のオバーチャンである。肝臓が悪くなり近所のペット病院へ連れて行った。しかし、医者が調合してくれた薬をなんとしても飲まない。無理に口に入れてもすぐに吐き出してしまう。

「最後ぐらいは私の自由にさせて！」

と、言っているみたいだ。歳も歳なので諦めた。
日毎に体が弱ってきた。餌もほとんど食べない。もう眼も見えないようだ。そんなあ
る夕食時。ダイニングの食卓から三、四メートルほど離れてミータンが横になっていた。
私が食べていたマグロの刺身をあげようとして、
「ミータン、お出で！」
と呼んだ。
ミータンは起き上がり、よろよろと近づいてきたが、私の足元でばったり倒れてしまっ
た。もう意識がないようだ。
「ミータン！　ミータン！」
夢中で呼んだ。すると力なく尾を二、三度振って私に応え、そのまま息が絶えてしまっ
た。全力を振り絞ったのであろう最後の挨拶。それがいまだに脳裏から離れない。
二十年も一緒に暮らしていると、その死は堪える。先祖の仏壇にミータンの写真を一
緒に飾り、人間と同じように、毎朝お線香をあげている。
二度と猫は飼っていない。

三匹の野良猫

愛猫ミータンの死による喪失感がなかなか去らない。われわれ夫婦の歳を考えると、もう一度猫を飼うのは無理だ。二人の方が先に逝くことが明らかだからだ。時々近所のネコカフェへ行き、気を紛らわせていた。

日課にしている毎朝一時間ほどの散歩。ある日、途中にあるバス停横のツツジの茂みの中に、毛色がそれぞれ白と黒の二匹の仔猫を見つけた。

元は家猫だったらしく、二匹ともおっとりしていて、近づいても物怖じしない。茂みの中に小さな小屋が置いてあり、周囲にはペットフードや飲み水の器が並べてある。事情があり、だれか飼い主が捨てたのであろうか。

勝手に二匹にそれぞれシロ、クロと名前を付け、毎日のように餌を運んだ。近くに公衆トイレがあるので、飲み水には困らない。そのうち二匹ともだんだん慣れてきて、シロが私の膝に乗るようになった。クロも傍に来て坐っている。二匹は仲が良い。兄弟かもしれない。

そんな平穏な状態が半年ほど続いたある日、一匹の野良猫が加わった。二匹の倍近い大きさで、顔立ちも野武士のごとく猛々しい。全身汚れていて、お尻のまわりには泥がこびりついている。とても警戒心が強く、私が少しでも近づくと逃げていく。

この猫にはノラという名をつけた。ノラは決して人の膝に乗るようなことはない。それでも少しずつ慣れてきて、私のそばへ来て餌を食べるようにまでなった。心優しいシロとクロは、闖入者をこころよく受け入れたようだ。

私も、ミータンが死んでから、ご無沙汰していたスーパーのペットフード売り場へ毎日通い、せっせと三匹に餌を運んだ。時には生魚を加えたりした。そんな三匹との蜜月状態が一年近く続いた。

ある日、いつものようにツツジの茂みを覗（のぞ）いてみると、三匹の姿が見えない。どこかへ遊びにいったのかと思ったが、翌日も翌々日も同じだった。気がつくとツツジの枝にこんな札がぶら下がっている。

「皆さん、たいへんお世話になりました。お蔭さまで三匹に貰い手がつき、引き取られました。長い間ありがとうございました」

三匹には、ネコ好きの世話人がいたようなのだ。ほっとすると同時に、そこはかとない寂寥感に襲われた。

作家の内田百閒に『ノラや』という小説がある。家に紛れ込んだ虎ブチの野良猫、ノラが家出し、悲嘆の余り三ヵ月近く泣き暮らす話である。あの一見怖そうな七十歳の老作家が英文広告まで作り、愛猫探しに奔走する姿は、なんとも滑稽(こっけい)で微笑ましい。猫には犬とはまた違った、人を惹きつけて止まない、磁力みたいなものがあるようだ。

コロナに倒れた「三州屋」

東京は新橋駅前広場近くに「三州屋」という居酒屋がある。若いころからの親しい仲間三人と、もう二十年近く通っている気の置けない飲み屋である。先代店主Mさんは下戸だったが、仲間の一人が同じ大学出身ということもあって、商売を超えて付き合ってくれた。

時には、

「珍しい酒が入ったよ！」

と言って、貴重酒を無料でわれわれに振る舞い、あとで店員に叱られたりしていた。毎回われわれの相手をしてくれる年配の女店員Tさんとも親しくなり、休日に東京近郷のハイキングに出かけたことも。ある秋、筑波山まで足を延ばし、「ガマの油売り」の実演を楽しんだ。毎回ハイキングの帰途、「反省会」と称してどこか都内の居酒屋で一杯やるのがなにより楽しみだった。

新橋という場所柄、三州屋の客には大企業のサラリーマンが多い。会社帰りなので、みな背広にネクタイ姿だ。かつて休暇で日本へ遊びに来た、若いアメリカ人を連れて行ったことがある。だが、どうも居心地が悪そうだった。おどおどしながら私に訊く。

「ミスター・ハタノ、ここはスーツ姿の正装じゃなければ入れないのですか?」

季節は夏だったので、彼は軽快なポロシャツ姿だ。

「そんなことはないよ。いま店主が来るから確かめたらいい」

やがてやって来たMさんの答えを私が通訳し、やっと納得していた。


そんな三州屋のことが二、三日前の東京新聞一面トップに載った。「東京老舗の味　相次ぐ閉店」という見出しで、東京中の大衆料理屋の中から九店がリストアップされている。いうまでもなくコロナウイルスの影響を受けての閉店である。

消費税率の引き上げや後継者不足などで、外食産業の経営が厳しいことはわかっていたが、ここへきてコロナにとどめを刺された格好だ。

三州屋の経営をMさんから引き継いだ息子さんは、「持続化給付金なども受け取ったが、人件費や家賃をとても穴埋めできなかった」と新聞に訴えている。「政府の『Go To イート』の恩恵を受けるには予約サイトへの登録が必要で、六十～八十代の従業員に対応は難しかった」とも。

年配の従業員の中にはわれらがTさんも含まれている。彼らに対する、パソコンやスマホ使用を前提とする政府支援策とはなんなのか？

池上線沿線の町で、一人でワインバーを切り回している私の姪も、三州屋以上に厳しい状況に置かれている。こういった人々へのもう少し血の通った支援策はないものか？

コロナ旋風が吹き荒れて早半年余り。三州屋に象徴される居酒屋文化は、様変わりしてしまった。人生が逆戻りできないように、もう二度とあの懐かしい時代は戻ってこないのか？

池上線のワインバー

池上線が走る町に
あなたは二度と来ないのね
池上線に揺られながら
今日も帰る私なの

（作詞＝佐藤順英）

東急池上線を舞台に、別れる男女の悲哀を西島三重子が女性の視点から歌い上げ、一九七〇年代にヒットした『池上線』である。

いまだに当時の面影を残すH駅近くに、二年前に姪のM子がワインバーを開いた。東京の大学を卒業後結婚し、間なしに夫とともにスイスへ赴任した彼女は、そこでワインの魅力に取りつかれた。数年後、プロなみの知識を身に着けて帰国。いつの日かワインバーを開くのが夢になった。

姪の店のことは長らく気にはなっていたのだが、経営する会社の整理業務に忙殺され、それまで顔を出せずにいた。先日、会社解散の目途もついたので、遅まきながら開店二周年祝いに、親友Tを誘い池上線に乗った。

レトロな街に溶け込んだ、ウナギの寝床のようなプラットフォームだけのH駅に、M子が出迎えにきてくれた。肌寒い秋の夕暮れ、駅近くの路地奥にある店には、早くも暖炉の赤い炎が揺らめいていた。彼女の人柄そのままの、ファミリアな雰囲気が漂う素敵な店だ。

TもM子とは気が合ったようで、お気に入りの『八海山』のオーダー回数がいつもより多い。私も仕事が一段落した安ど感で、思わず姪の勧めるスパニッシュワインのピッチが上がった。

客筋は一見（いちげん）客よりも、常連客の方が多いとのこと。ただこの日はコロナ禍のため、いずこも同じで閑散としていた。この分では店の家賃を支払うだけでも大変だ。自社の経営を省みて決して他人事とは思えない。

カウンターには私の出版したエッセイ集が二冊（一冊は共著）と、孫娘とコラボした写真集が飾ってあった。いつでも客が手に取れるようになっている。復古調のイメージが色濃い池上線沿線の、ワインバーに置かれた私の海外エッセイ集。何か妙に新鮮な取り合わせを感じた。

姪は私の本の「ファン」だ。本を手にしたときは、その足で私の横浜の自宅へ駆けつけて、読後感を夢中になって話してくれた。読書家の彼女とは話が尽きない。

だいぶ秋の夜も更けてきた。M子に、

「何か困ったことがあったら、いつでも相談に乗るから連絡して欲しい。頑張ってね」

とエールを送り、再びウナギの寝床から帰路についた。

翌日、M子からメールが届いた。

「お二人の話を聞きながら、困った時はしっかり考えて、信頼する人に相談する。またしっかり考えて、進むことで道は開ける、と信じることができそうです」

世界中のいろいろな職業の人々が、たいへんな被害を被っているコロナパンデミック。

姪の言葉の中に、あらためて日本女性の矜持を感じた。

「頑張れ、M子！」

「宿り木の家」

前方後円墳発祥の地、卑弥呼の故郷ともいわれているN県S市。そんな歴史ロマン溢れる地方都市に、行き場のない子供たちに広い自宅を開放し、図書や遊び場、食事を提供しているボランティアがいる。

施設の名は「宿り木の家（仮称）」といい、運営しているのは、私が元いた会社の部下K君である。

ともに電気通信技術者である私たちは、かつて食糧事情が世界最悪といわれたアフリカはスーダンで、同じ釜の飯を食った仲だ。彼はナイル河デルタ地域など、誰もが嫌がる生活環境の厳しい仕事に、率先して手を挙げてくれた。

スーダン・プロジェクト終了後、K君は思うところがあって、大手電線メーカー系列の、海外コンサル会社へ転職した。数年後、R国大型パイプライン・プロジェクトの受注に成功。取締役に抜擢され、仕事の一部を、私が社長をやっていたコンサル会社に回してくれた。

順風満帆のそのころ、彼が突如の不幸に見舞われた。高校生だった娘さんが交通事故で亡くなったのである。Ｋ君自身は元より、奥さんのショックには計り知れないものがあった。私の会社の役員で、在家の僧でもあるＴさんが、奥さんの心のケアを買って出てくれた。

Ｔさんの話の効果もあってか、奥さんの動揺も少しずつ収まってきたある日、Ｋ君が私に告げた。

「波多野さん、私、会社を辞めようと思うんです」

「えっ、それはまた急にどうして？」

「Ｎ県の実家にいる母親が歳なので、長男の私が面倒を見ることになったのです」

会社の新規マーケット開拓で実績を上げ、前途洋々のＫ君だ。できれば将来、私の後継者にとも思っていた。いかにも惜しいが、理由が理由だけに留めることはできない。古墳時代の遺跡に囲まれた故郷で静かに晩年を過ごすのも、一つの生き方だと思った。

間もなくK君から、自宅を改築して奥さんとホステルを開業したので、遊びに来て欲しいとのメールをもらった。会社業務にかまけて無沙汰を続けているうちに、実家にボランティア施設「宿り木の家」を開設したとの知らせが届いた。今度こそ顔を出したかったが、またしても海外業務に忙殺され、S市まで足を延ばせずにいた。

ホームページを見ると、「宿り木の家」は子供ばかりではなく、大人も対象に夏祭りを開催するなど、なかなか活発な活動をしている。

この際、私もぜひ協力させて欲しいと思った。幸い株式売却で得た不労所得がそこそこ手元にある。S市社会福祉協議会をつうじて寄付を申し出た。

かねてからK君は、子供たちの遊具を購入したり、施設の手入れをしたりしたい、と言っていた。そんな彼の望みに、少しでも役に立ててもらえればとの願いからだ。

S市によるとK君は市トップクラスのボランティアで、日ごろから市はたいへん感謝しているとのこと。市から送られてきた寄付金贈呈式の写真には、いかにもK君らしい実直な顔が写っていた。

企業定年を境に、ボランティア活動に参加する人は多い。しかし、大手系列会社役員を任期途中で辞め、自宅を開放してまで社会福祉活動をする人を私は知らない。好漢K君のいっそうの活躍を祈っている。

『小説安楽死特区』に見る近未来

近所の書店店頭で平積になっているベストセラー医療小説『安楽死特区』を読んだ。現役の医師でもある著者の長尾和宏(ながおかずひろ)氏は、もはや世界最長の長寿国として国際的にも避けて通れなくなった日本の安楽死問題を、近未来小説の形を借りて描いている。

今から四年後、東京オリンピックの過大な財政支出の付けが回り、日本経済は急激に疲弊してしまう。これ以上消費税は上げられず、かといって国民皆保険制度は撤廃できず、安楽死が社会保障費削減のターゲットに入ってくる。

がんや認知症で本当に死にたいという人がいるのなら、安楽死制度を作り手伝いましょうと政府は考える。

東京・東銀座、築地あたりには、経済不況で経営が成り立たなくなったホテルや、災害続きで空部屋を抱えたタワーマンションが多数ある。これを政府・東京都が買い取り、そこにまず富裕層をターゲットにした安楽死特区を作ろうという構想である。

特区の中に豪華なカジノを作り、金の使い道のない年寄りに、死ぬ前にじゃんじゃん使ってもらう。なにしろ個人資産を持っているおひとりさま認知症患者の保有する金融資産だけでも、その時期には百兆円に達し、ほとんどが社会に出回っていかない死に金だからである。それを全部吐き出させてしまおう、というのが国の狙いだ。

何本もの点滴チューブに繋がれて激痛に耐え、嘔吐に苦しみながらも人間は生き続けなければならないのか？　安楽死を願う人間は、残された家族の悲しみなど考えもしないエゴイストなのか？

治る見込みのないがん患者に対して生きていて欲しい、と延命治療を願うことは果たして本当の愛なのか？　安楽死をめぐり著者はさまざまな角度から人の死生観を問いただしている。

登場人物の一人に不治の病、多発性硬化症の若い薬剤師がいる。彼はこう自問自答する。がんや認知症患者が増えているのは人間が長生きし過ぎているからではないのか？

昔はがんや認知症になる前に寿命が尽きていた。

医療系NPOの仕事でよく行くチベットにはがんや認知症患者はいない。物質的には貧しく短命でも、彼らは精神的に日本人よりも豊かである。何故だろう？　彼らは日常、いつも「死」を意識しながら生きているからではないのか？　生まれたときから、隣り合わせに「死」があることを知っている。この世に必要とされていないと思ったら、老いも若きも自ら死に向かって飛び込む心構えができているからに違いない。

私自身が初期の前立腺がん、妹が末期すい臓がん患者だったのでとても他人ごととは思えず、興味深く読んだ。

安楽死には薬物などで人為的に死を迎える積極的安楽死と、人の尊厳を保ち抗がん剤投与など無理な延命治療を行わず、寿命が尽きたときに苦しまずに自然な死を迎える消極的安楽死、尊厳死がある。妹は後者を選び、この春の桜の時期に旅立った。

二年前に自裁した保守系評論家の西部邁氏は、「一般に『死の不安』などといわれているる心理の多くは『死の具体的決断』を一時中断（モラトリアム）しているところに発するのではないか」と言っている。

一年前に読み、この小説の中にも引用されている西部氏の絶筆著書のくだりを改めて思い起こした。

「あなたは、いつ死んでもいいのだ、と安楽死を担保することが、かえってその人に生きる望みを与えるのかもしれない」

小池百合子都知事を思わす、末期がん女性政治家のドラマティックな最期など、この本はエンタメ小説としても面白い。重いテーマだが、それほど深刻にならずに読むことができる本だ。


このエッセイを書いたのは新型コロナ禍騒ぎの前である。あれ以来世の中はすっかり変わってしまった。安楽死をめぐる人の死生観も、自然科学の進歩とともに変化する。ただ、妹の尊厳死をとおして、人の「死への願望」が、決して変わらないことを知った。

城ヶ島吟行

いま季節は寒の内。暖冬とはいえ、朝の散歩時の寒さはやはり冬のものだ。それでも日一日と日脚が伸びる。ベランダの鉢植えに差し込む日ざしが、春の到来が遠くないことを告げている。

自宅前の白旗神社の紅梅が早くも満開に近い。新聞の花便りによれば、城ヶ島の水仙が見頃だという。腰痛が応える年寄りのくせに、寒さの中にかすかに春の息吹が感じられるこの時節が嫌いではない。

去年は、いまごろ水仙撮影で久里浜海岸へ行った。

「そうだ、今年も水仙を撮りに、北原白秋が『利休鼠の……』と詠った城ヶ島へ行ってみよう」

横浜の自宅から城ヶ島まで、ＪＲ横須賀線、京浜急行、バスを乗り継いで二時間弱。

幸い天気も良い。のんびりした小旅行が楽しめそうだ。

城ヶ島公園に着いてみると、オフシーズンのせいか連休だというのに人影はまばら。観光案内所の女性に水仙の咲き具合を尋ねると、

「今年は花が一週間ほど遅く、来週あたりが見頃ですよ」

と申し訳なさそうに言う。それでもあちこち遊歩道に沿って白い妖精が寄り添い、かぐわしい香りを放っている。

相模の海を背景にした水仙を撮ろうと、小一時間ばかり島の中をあちこち探す。だが、なかなか映えるスポットが見つからない。やっと島の南側、海鳥の生息地近くに海と水仙の見える場所を発見した。

遠く富士が霞み、空にはウミウが舞っている。花数が少々寂しいが、まずまずの景観だ。シャッターを押し、一句ひねってみる。

潮風に耐えし水仙富士笑う

ほどほどの出来ではないかと自画自賛。しかし、よく考えてみると水仙は冬の、「富士（山）笑う」は春の季語だ。一つの句に冬と春が同居している。伝統的俳句では許されない発句であろう。しかし理屈を言えば、春近くに咲く水仙もある。このさい季語は無視することにしよう。

二時間ほど撮影で歩き回っていると腰痛が出始めてきた。島の西端にある灯台周辺を散策してから、がらがらの始発バスで帰路に就く。車窓から見える相模の海が、午後の柔らかい日ざしを浴び、のたりのたりと揺れていた。

帰宅し一息入れてから、現地での発句を去年から始めた英語俳句（＝Ｈａｉｋｕ）にしてみる。

Against the sea breeze
flower the narcissuses
Mt.Fuji laughing

日本の伝統的俳句の細かい縛りから独立したＨａｉｋｕ。若い頃から仕事で英語を使ってきた私には、Ｈａｉｋｕの簡潔な表現はとてもなじみ易い。

撮った写真をがん闘病中の妹へ見せた。青空に舞っているウミウを、彼女はなにか写真に付いたゴミと勘違いしたらしく、指でこすって落とそうとした。どうも下手な画像処理がばれたらしい。今後はもっと丁寧な処理をせねばと、ひやひやした。

水仙の写真に笑顔を見せた妹は、その後病状が悪化し、桜の花とともに散った。富士山とウミウを背景にした白い妖精たちは、今も私の部屋で微笑んでいる。これからはもう少しましな、Ｈａｉｋｕを詠めればと思っている。

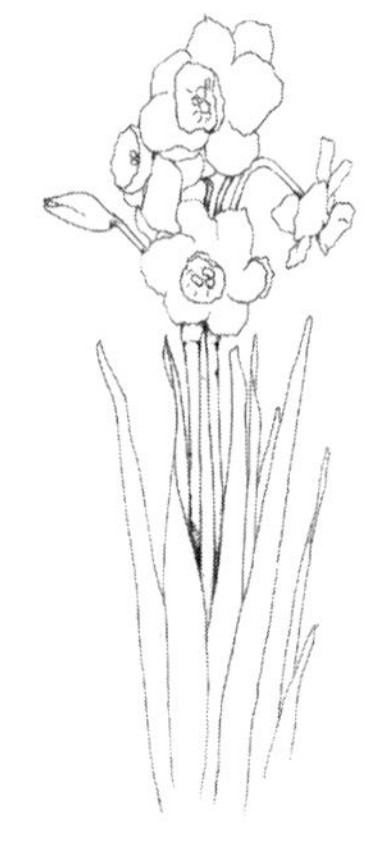

落語的人生

二年前、八十三歳で初期の前立腺がんを告知された。その時、まだ気力、体力の残っているうちに、これまでの半生を総括する自分史的エッセイを書こうと思い立った。以前からエッセイ集執筆の夢は持っていたが、今を逸してはもうチャンスはない、との思いが背中を押した。

海外生活が長かったので、幸い話のネタはかなりある。エッセイ通信講座で作家の上野歩さんの指導を受けながら、八ヵ月かけ三百ページほどのエッセイ集を書き上げた。

自費出版の相談をするため、仕上がった原稿を上野さんの紹介で東京の出版社へ持ち込んだ。原稿を読んだ編集者から好意的なコメントをもらい、出版の腹が決まる。上野さんが解説を書いてくれることになり胸が躍った。

清書した原稿を出版社へ渡したとたん、何とも言えない虚脱感に襲われた。確かに長年の夢だったライフワークを完成させた満足感はある。しかし、エッセイ執筆中、日々私を駆り立てた、切迫感、緊張感のようなものはもうない。

四年前、若いころからのスペイン語勉強の集大成として、コロンビアのノーベル賞受賞作家ガルシア・マルケスの『百年の孤独』を翻訳した。四百ページの翻訳が完成した時も同じような虚脱感に襲われたことがある。でもその時はまだ七十代。気力、体力が十分残っていた。今はもう老いが着実に進んでいる。視力の低下は白内障手術でほぼ回復したが、聴力のほうはそうはいかない。国産、外国産を含めて各種補聴器を試してみた。ほとんど効果がないことがわかり、今は埃をかぶったままだ。

若いころから好きだったクラシック音楽を聴いていて、高音の響きが悪いのはアンプのせいかと思った。それで高級機種に替えた。だが、結果は自分の耳が原因だとわかり、本格的な音楽鑑賞は諦めた。年齢とともに体の諸機能が低下するのは止むを得ない。生きていく以上、現実をありのまま受け入れるしかない。私も八十五歳、もう十分生きた。今更じたばたする歳でもあるまい。

かつて上野さんから、

「波多野さんの人生は落語的ですね」

と言われたことがある。初め、その意味がよくわからなかったが、よくよく考え納得した。

私はこれまで、一般のサラリーマンなどとは違い、かなり気ままな人生を送ってきた。将来を約束された大企業からの転職、自由化前の海外渡航、だれもが敬遠する労働組合委員長就任、六十歳を過ぎてからの長期南米単身赴任などがその例だ。

さすが人間観察に鋭い眼を持つ作家。上野さんは私の自分史的エッセイを読み、そこに業の赴くままに振る舞う、落語の登場人物を重ね合わせたのかも知れない。

幸い、前立腺がんの進行は遅く、ガンマーカー（ＰＳＡ）の値は上がったり下がったりを繰り返し、様子見が続いている。長年経営してきた情報通信コンサル会社は今秋、後継者難に加えてコロナ禍が後押しして解散した。今度こそ思い残すことはない。

いま上野さんの再度にわたる勧めで、二冊目のエッセイ集を書き始めている。古くからの友人が挿絵を描いてくれると約束してくれた。落語的人生の総仕上げとして、この本だけはなんとしても完成させたい。

彼岸花

関東周辺をかすめた台風が、北東海上へ駆け抜けていった。自宅マンションの窓から空を見上げると、スヌーピーやライオンキングの形をした真っ白い雲が、ぽっかりと浮かんでいる。遥か彼方には、鎌倉の低い山波が霞んで見える。

夏枯れで淋しかったベランダに彼岸花が一輪咲いた。二年前に埼玉県高麗郷の巾着田付近の農家で買い求めた球根を、プランターで育てたのだ。赤、黄、白と三色の球根を七、八個植えたのだが、今年咲いたのは黄一輪だけ。

彼岸花には「死人花（しびと）」などという不吉な別名がある一方、「情熱」「独立」「思うはあなた一人」など、人生の応援歌のような花言葉もある。

かつて深川木場に住んでいたころ、週末に皇居付近をよく散策した。秋には、皇居内堀斜面の緑に、真っ赤なアクセントをつける彼岸花が鮮やかだった。都心で真っ先に秋

を感じさせる花として、いつまでも記憶に残っている。

彼岸花の別名は曼珠沙華（まんじゅしゃげ）。おめでたいことが起こる前兆として、赤い花が天から降って来るという、仏教の教えに由来するとのこと。これで皇居のお濠（ほり）に咲いている理由がわかった。「死人花」だけなら宮内庁が放っておくわけがない。

彼岸花を見ると、十七年前に彼岸へ旅立った母が、

「謙ちゃん、元気？　毎朝のお焼香ありがとう。今年も帰って来たわよ」

と話かけてくるような気がする。

私にとって彼岸花に忌花（いみばな）のイメージはまったくない。むしろ「今年も秋が来たなあ」と、四季の移ろいをしみじみと感じる、何か懐かしい花だ。

趣味の風景写真撮影で、よく鎌倉へ出かける。鎌倉では太田道灌の屋敷跡、英勝寺の彼岸花がよく知られている。ただ、彼岸花は地面近くに咲くので、背景に鎌倉らしい寺社など写し込むのが難しい。

彼岸花の隠れた名所、鶴岡八幡宮の土塀沿いに咲く花も同様で、ほかの場所で撮ったものと区別がつかない。

「そうだ、ベランダに咲いた彼岸花を接写してみよう！」と思いついた。そのままの位置で何枚か撮ってみたが背景が煩わしい。

そこで、プランターを居間にある大型テレビの黒い液晶画面の前に持ってきた。何枚か撮り画像処理をした。するとそこには、陽光降りそそぐベランダで咲く情熱的な花とは違う、夜の女王を思わす妖艶な顔が現れた。

早速、親しい友人たちにメールしてみたところ、なかなか面白いとの返事が返ってきた。気をよくして一句吐いてみる。

曼珠沙華黒いドレスで夜の顔

父母の墓は富士の裾野にあるが、腰痛を口実に今年の彼岸にも墓参に行けなかった。
来年の彼岸には両親と一緒に住むことになるのだろうか？

曾祖父からの贈り物

父は新潟県A市の出身で、若いころ医師を志して上京した。勉学中、袋物卸商の長女だった私の母と知り合い、結婚して仕事を引き継いだ。私が生まれて間もなく兵隊に取られ、終戦直前に南方のジャングルで戦死した。

そんなわけで私は父のことをほとんど覚えていないし、ましてや父の祖先などだれ一人知らない。

二年前、A市のある司法書士から次のような手紙をもらった。

「突然ですが、お願いがあります。波多野さまの曾祖父の方が生前、地元の寺から十区画あまりの土地の永代小作権を得ています。今から百年ほど前の話です。現在の地主の方が最近、土地を売却しようとしましたら、小作権が設定されているため処分できないことがわかり困っています。ついては家督相続をされている波多野さまに、小作権移転のご協力いただけないでしょうか？」

三人ほどの地主が困り果て、地元の司法書士に相談したらしい。司法書士はあちこち手をまわし、やっと私の住所を突き止めたとのこと。電話で確認したら、

「波多野さんが、まだご存命でほっとしました」

と正直だ。私の生年月日から推して、もう死んでしまったと思っていたらしい。私は別に親から家督を相続した覚えはないが、法律上はそういうことになるのだという。送られてきた書類を見ると、曾祖父は私の生まれる八年前に亡くなっている。多分慶応の生まれであろう。もちろん即座に協力し、この件は解決した。

この夏になり、また同じ司法書士から電話があった。

「実は同じような問題を抱えた地主の方がまだ四人います。みんなが一緒になって波多野さんにお願いしたらどうか、と私が働きかけました。前回と同様ご協力をお願いしたいのですが」

「承知しました。でもこれが最後でしょうね？　私もいつまで元気でいられるかわかりませんので」

「申し訳ありませんが、それはなんとも言えません。波多野さんが小作権を相続した土地が、まだ何ヵ所か残っていますので」

すべての土地の小作権問題が解決したわけではないが、ともかく今回も前回同様、一件落着した。しばらくして地主の方々から丁重な礼状とともに、たくさんの洋菓子、乳製品、地元銘柄米などが贈られてきた。

妻と二人で有難くいただいた。タイムトンネルをとおして、遠く慶応・明治時代から、顔も知らぬ曾祖父のメッセージが届いたような気がした。

「よう、私の曾孫、長年にわたる小作権問題を解決してくれてありがとう」

百年を生きる

今は亡き車椅子の天才、理論物理学者スティーブン・ホーキング博士が来日して一般講演を行った。このとき会場から出た、宇宙時間における一瞬はこの地球時間でどのくらいかとの質問に対して、博士は即座に「百年」と答えたという。これは地球における一瞬は、数十億年分の一瞬ということになる。

それほど短い時間の人生。良くても悪くてもたいしたことはない、という考え方がある。良くても喜ぶな、悪くても悲しむな、自分の一生は不幸だと思うな、しょせん「永遠の前の一瞬」なのだから、と。なにか時の権力が喜びそうな、夢も希望もない、諦念した年寄りの死生観のようである。

人の一生を宇宙誕生に比較して論ずれば、そういう考えも出てくるのかも知れない。

一方、仏教では昆虫や植物など全ての生き物にも魂が宿るという。昆虫の中には寿命がたった数日間のものもいる。そのような昆虫から見れば、人間の寿命百年は永遠に思えるのではないか。

比較対象が異なれば、同じ百年でも、長さに関する考え方がまったく違ってくる。見方により、短くもあり長くもある百年をどう生きるのか。

現代人の死生観は次の三つに大別されるようである。

①命はこの世限りで、あの世や魂などはない。人間は死んで宇宙のゴミになる（唯物論的考え方）。

②肉体とは別に、永遠に存在する魂や意識体がある（多くの宗教はこの考え方をとっている）。

③人間は死んでその肉体は分子に解体し、大自然、宇宙に融合する（最近では量子力学が一部この考え方の拠り所になっている）。

私は技術者なので、基本的には①の唯物論の立場だ。③は量子論の研究が進むとともに出てきた考え方で、宇宙の誕生とも関係がありそうである。極めて興味深い死生観だが、なにかスピリチュアルでにわかには信じがたい。

最先端の理論物理学と宗教は紙一重だという。一番良い例がビッグバンである。宇宙は今から百三十七億年前に、突如ビッグバンにより生じたというのが、世界の通説だ。それを数学的に立証する「神の数式」をめぐって、世界中の学者がしのぎを削っている。しかし、どんな数式を考え出したとしても、無から有が生ずるという理屈を、一般の人々にわかりやすく説明することは極めて難しい。

宇宙誕生の真理を追究して狂気の世界に入り込み、最後には仏教に帰依したノーベル賞級の学者が、少なからずいると聞いている。

ドイツの哲学者カントは言った。「人間の認識力には限界がある。魂の不死、世界の始まりと終わり、神の存在をめぐる問のように、いくら考えてもわからないことを追究しても意味がない」と。

カントは近代哲学が直面していた難問に終止符を打ったといわれている。それでも相変わらず宇宙の誕生や神の存在に対し議論が絶えないのは、人間は死後の世界を信じずには生きられない、弱い存在だからなのだろうか？

新たな旅立ち

「波多野さん、もうそろそろ手術を考えたらどうでしょう?」

近所の循環器内科クリニックの主治医にそう勧められた。これまで、二年前に告知された前立腺がんのことばかり気にしていたが、私はもうひとつ、胸部大動脈瘤という爆弾を抱えている。

主治医に紹介された、これも近くにある総合病院の心臓外科でCT検査すると、胸部大動脈の直径は五十一ミリである。医師によれば五十ミリ以上が要手術領域で、このまま放置すれば動脈が破裂する恐れがあるとのこと。人工血管と交換する必要があるが、心臓にかかわる手術なので、家族と相談して決めて欲しいとも。

家族に話すと、命の危険を伴う手術なので、セカンドオピニオンを聞いた方がよいという。ニューヨークに在住する娘が、インターネットで、動脈瘤手術実績で日本全国第四位の川崎市S病院を探してくれた。早速検査してもらったところ、この病院でも同じことを言われ、手術を決心した。これまで会社解散業務が多忙で、手術したくてもできなかった事情もあるが、もうこれ以上待てない。

入院が決まったとたん、ニューヨークにいる中一の孫娘がどうしてもオジーチャンに会いに行くという。手術の成功率は九十九パーセントで安全だから心配するなと言っても、万が一のことがあったら一生後悔すると言って泣いて譲らない。

結局、呼ぶのを躊躇（ちゅうちょ）しているうちに、さっさと渡航手続きを済ませ母娘二人が、そろって日本へやってきた。しかし、帰国したものの新型コロナ騒ぎで、到着後二週間は都内某所に留まり自由行動ができない。その間二人は、ニューヨークとリモートで仕事や勉強をするという。心配なので先日、こっそり様子を見に行ったら、何とか元気にしているのでほっとした。

手術は入院してすぐに行われるものではない。体を開く前に三日間ほど検査入院し、カテーテルを使い心臓の病状を詳細にチェックする。その後一週間おいて手術入院となった。

医学が進歩したとはいえ、体温を二十度近くまで下げ、心臓を止めて行う手術は危険過ぎて十数年前まで医学会では敬遠されていたという。なにしろ長年の高血圧により直径五十ミリ余りに膨らんだ胸部動脈を、約二十センチにわたり、人工のプラスチック製品に取り換えてしまうという荒業である。

手術のリスク一パーセントといってもそれは全国トップクラスの専門病院のことで、わが家近くの総合病院では五十パーセント台だといわれた。結局、私はS病院の数値に命を賭けることにした。今年の春、妹の安楽死に同意した時の考えとは、真逆な生きざまである。

誤算は孫娘が私を心配して、急遽日本へやってきたことだ。しかし、たとえ手術が失敗しても、彼女は私の最期には立ち会えない。その心情を思うとやるせないが、新型コロナのご時世ではいたしかたあるまい。

親友Tが言った。

「もうお前はまな板の上のコイだ。いまさらじたばたしないで､すべてを医者に任せろ」

病院には日本有数の専門家が、家には最愛の孫娘がスタンバイしている。これ以上望

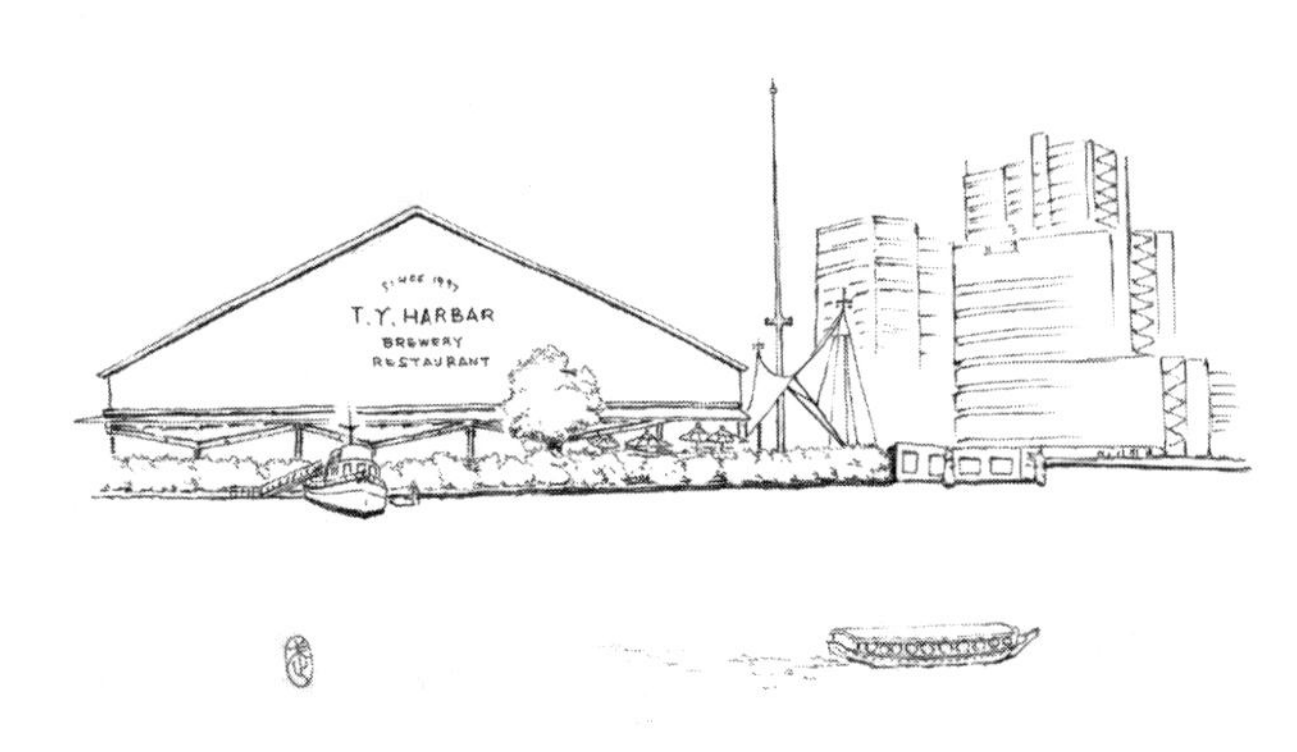

みようのない理想的な手術環境だ。

手術中は何かがたがたと、死刑台のエレベーターが上がっていくような、医療器械らしきものの音がしたのを覚えている。それが最後でそのあとは長い無の時間がつづいた。気がついたら集中治療室のベッドの中だった。夕刻から夜半へかけての五時間がかりの大手術だったと、あとで執刀医から聞いた。

集中治療室と一般病棟をつなぐエレベターホールに今日、クリスマスツリーが置かれていた。夜の歩行訓練を指導してくれている、孫娘に近い歳の看護師に、

「今年ももうクリスマスだね」

と言ったら、

「今年はお孫さんと楽しめますね」

とにっこり。

最新医療はすい臓がんの妹の命を救えなかったが、神は九年前のラジオネラ肺炎臨死体験に引き続き私を救い、孫娘との日本での思いもかけないクリスマスをプレゼントしてくれた。

今年の春。ぎりぎりの決断だった妹の安楽死に反対しなかった私は、その後自分の傲慢な態度に気がつき自己嫌悪に陥った。何も手につかずエッセイ集執筆に没頭した。手術に失敗すれば、今回こそ人の手を借りて死ねると思ったらやはり駄目だった。いくら馬齢といわれようと、もう孫娘の大学入試まで生き続けるしかない。

若い男性リハビリ看護師が言った。

「波多野さん、ビルの解体修理と同じですよ。古くなった肉体は、最新技術を使った新しい部品と交換し、もっともっと長生きしなければ損ですよ」

なんだか私自身もその気になってきた。死ねば無機物になる人間の肉体。その点では物と変わりはない。臓器が変わり、私の考えまでもが変わってしまったのか？

夜明けのＶサイン

ニューヨークと東京には十四時間の時差がある。毎晩、日本時間の十時になると、決まって孫娘はパソコンの前に座り、リモート学習が始まる。翌朝五時まで、五分間の休憩時間を挟んで六時限の、ほぼ通常と同じ授業である。

持病の前立腺肥大で、私はしばしば夜中に孫娘が学習している居間を通り、トイレへいく。そのたびに学習中の彼女を励ましているが、残念ながらそれ以外のことは何もできない。

一方、娘の方も同じ時間帯に孫娘と肩を並べて、ニューヨークにある会社のリモート業務をやっている。夏休み中の一時帰国とは違い、今回はアメリカ東部標準時間に合わせた生活を、そのまま日本に持ち込んでの帰国である。生活サイクルに逆らっている二人の健康が心配だ。早くアメリカへ帰してやらねばと思う一方、いつまでもこの生活が続けばと、誠に自分勝手なことを考えている。

ある夜明けのこと。いつものとおり居間を通ると、孫娘がパソコン画面を見ながらにっこりVサインをしている。

「なにか良いことでもあったの？」

と訊くと、

「外国語学習選択でスペイン語が取れたの。私はどうしてもスペインへ行きたかったので、とても嬉しいわ」

との返事。

「それは良かったね。オジーチャンが元気になったら、一緒にスペインへ行けるかもよ。スペインにはポサドールという、昔のお城を現代風に改築した、素敵なホテルがあるので、紗良と一緒に泊まってみよう」

一時は諦めかけたスペイン行きが、まったくの夢ではなくなってきた。しかし、現在の体調を考えると、よほど術後のリハビリに精を出さないと難しいかもしれない。それに、近くカテーテルによる左冠動脈の狭窄治療が予定されている。今回の手術で見つかった余病である。担当医師は三日間の入院で完治するという。

わずかながらでもスペイン行の希望があるのとないのとでは、晩年の生きざまが大きく変わってくる。これからは好きなアルコールも控え、不味い減塩食にも慣れることとしよう。今回の入院で、自覚症状のない高血圧症がいかに恐ろしいか、身に沁みてわかった。

それにしても、遠くアメリカに住む孫娘が、どうして私が生涯を賭けたスペイン語に興味を持ったのか、不思議でならない。

魂は永遠に生き続けるか？

妹がすい臓がんで亡くなってから半年余が過ぎた。彼女は、苦しむだけで恢復見込みのない延命治療を断り、七十八歳の人生を締めくくった。

終末ケア病棟で最期を迎えた妹は、旅立つ直前まで私に、死への不安と怖れを隠さなかった。私もあいにく神への信仰心は持ち合わせておらず、妹の不安は自分自身の不安でもある。無宗教の二人にとって、神はなんの救いにもならない。

死後の世界について弟子たちに質問されたブッダは、

「自分は死んだことがないから、霊的なことや死後の世界のことはわからない」

と、正直に答えたそうである。

人類は長い歴史の中で、幾度となく答えの出ない問いを投げかけてきた。答えの出ない問いの最たるものが、魂の不死、神の存在、そして世界の始まりと終わりである。

いにしえの時代から、宗教者たちは死後の世界をさも見て来たかのように語り、哲学者たちは「魂の不死」をあの手この手で証明しようとしてきた。長年にわたる論争にひとまず決着をつけたのが、十八世紀ドイツの哲学者エマヌエル・カントだといわれている。

カントは、われわれが合理的に認識できる対象は、人間の感性が空間と時間の枠組みで捉えたものだけだという。

魂の不死を語ることは、時空から飛び出たものを認識しようとしている時点で、既に間違いだというのだ。認識できないことやものを、いくら考えてもナンセンスだと言い切っている。神の存在や世界の始まりと終わりについても、同様に不毛な議論だとして一蹴した。

先のブッダの死後の世界についての答えは、カントの考えとよく似ている。カントは、答えの出ない問いは捨て置けばよい、大事なことは今を「良く生きる」ことだ、と言って軸足を道徳問題にシフトした。私はカントが、世紀の難問に直面することから逃げたような気がしてならない。それでもカントの学説は、哲学の根本を揺るがすほどの、決定的なインパクトを与えたと言われている。

にもかかわらず、その後も人々は魂の不死を願い続けている。最近では一部の自然科学者たちでさえ、死後の世界の存在を信ずるようになってきた。それは何故か？　やはり永遠の魂を信ずることにより、死への不安や恐怖から解放されたいからだと思う。人間はカントが考えるほど論理的存在ではないのではないだろうか？

私は、死への不安や恐怖を抱きながら逝く妹を前に、彼女が安眠できる死後の世界について、残念ながら何も語ることはできなかった。ただ最後に、

「俺もすぐにいくからな」

と言った。

そんな私に向けて妹が呟（つぶや）いた。

「嬉しい……」

その一言が、いつまでも心の底に残っている。きっと妹なりに「死後の世界」での魂の復活を信じていたのかも知れない。

解説に代えて

石井　遊佳

エッセイ集『記憶の旅路』中で最も心打たれるものは、著者の妹さんに対する深い思いである。

〈私は、死への不安や恐怖を抱きながら逝く妹を前に、彼女が安眠できる死後の世界について、残念ながら何も語ることはできなかった。ただ最後に、

「俺もすぐにいくからな」

と言った。

そんな私に向けて妹が呟いた。

「嬉しい……」

その一言が、いつまでも心の底に残っている〉

それを読んだとき私の胸に浮かんだのは、ブッダの涅槃の風景である。

ブッダの入滅後間もない時期に弟子たちが集まり、互いの記憶の糸を集めて織り上げられた初期仏教経典の一つに『大般涅槃経（だいはつねはんぎょう）』がある。ブッダの最後の旅路と入滅の模様

を記したこの経典中で印象的なのは、弟子のアーナンダに、

〈アーナンダよ、ヴェーサーリーは楽しい。ウデーナ霊樹の地は楽しい。ゴータマカ霊樹の地は楽しい。七つのマンゴーの霊樹の地は楽しい。……〉

目に映る世界のすべてを美しく愉楽にみちたものとして語った場面である。

一切皆苦・諸行無常の真実を悟って輪廻を断ち切る、つまり二度とこの世に生まれないことが仏教の理想である。だがこの叙述には自らの死を悟り、限られた日々を過ごす中だからこそありえた生きる感動がある。

この経典ではブッダの入滅について「死」の語を用いず、禅定（瞑想）から涅槃に入ったと表現する。深い瞑想状態から、いわば永遠の自由な世界へと移行したのであり、そこで生と死は二項対立ではなく平等である。ここから私たちは死への向き合い方の知恵を汲み取るべきである。

最期の日々、一番傍にいて妹さんの不安を共有したお兄様の存在は大きな救いであったろう。死後の世界について妹さんに何も語らなかったというのは、図らずもブッダと同様であり、分からないことは分からないとしてごまかさないところに著者の誠実さが感じられる。妹さんのベッドの背後には、ブッダの大いなる涅槃の風景が流れていたと信じたい。


（いしい　ゆうか／小説家）

〈著者略歴〉

波多野 謙一（はたの・けんいち）

東京都出身。ＮＴＴを経て、情報通信コンサルタント会社に勤務。東南アジア、中南米、アフリカなど三十数カ国の通信インフラの建設に携わる。平成十四年、同社社長就任。平成十六年、日本ＩＴＵ協会より国際協力賞受賞。平成二十八年、孫娘とのアート・コラボレーション『四季鎌倉』が、富士フィルム全国フォトコンテストで優秀賞受賞。平成三十一年、東京カルチャーセンターよりエッセイ集『忘れ得ぬ海外の人々』（他作品との共著）、郵研社よりエッセイ集『海外に生く』がある。

エッセイ集 **記憶の旅路**（きおくのたびじ）

～電気通信技術者世界を行く～

2021年5月31日　初版発行

著　者　波多野　謙一　ⓒ KENICHI Hatano

発行者　登坂　和雄

発行所　株式会社　郵研社

〒106-0041　東京都港区麻布台3-4-11

電話（03）3584-0878　FAX（03）3584-0797

ホームページ http://www.yukensha.co.jp

印　刷　モリモト印刷株式会社

ISBN978-4-907126-42-1　C0095　　2021 Printed in Japan

乱丁・落丁本はお取り替えいたします。

JASRAC 出　2102219 － 101

●●●●●● 好評既刊 ●●●●●●

エッセイ集　海外に生く

～海外世界を夢見た電気通信技術者の回想～

■世界各地の電気通信インフラ建設に、約半世紀にわたり生きた著者！
■若き日の山、スペイン語への情熱、無線通信新技術への挑戦、忘れ得ぬ海外の人々、熟年夫婦のアマゾン河源流遡行、文学・絵画への思い、孫娘とのアート・コラボレーション、臨死体験、前立腺がん告知……
骨太な自分史的エッセイ集！

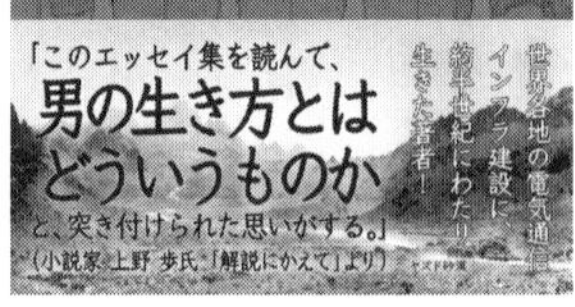

波多野謙一著

「このエッセイ集を読んで、
男の生き方とはどういうものか
と、突き付けられた思いがする。」
（小説家 上野 歩氏「解説にかえて」より）

●四六判ソフトカバー　301ページ　●定価 1540円（本体 1400円＋税 10%）
● ISBN978-4-907126-31-5

郵研社の本
YUKENSHA
※書店にない場合は、小社に直接お問い合わせください